Bienvenidos a Welcome

Bienvenidos a Welcome

LAURA FERNÁNDEZ

S

LITERATURA RANDOM HOUSE

Primera edición: abril de 2019

© 2008, 2018, Laura Fernández
c/o SalmaiaLit, Agencia Literaria
© 2019, Penguin Random House Grupo Editorial, S. A. U.
Travessera de Gràcia, 47-49. 08021 Barcelona

Gracias a Gonzalo Torné por ceder el texto
de la contracubierta original para
esta nueva edición

Printed in Spain — Impreso en España

ISBN: 978-84-397-3575-5
Depósito legal: B-2.317-2019

Compuesto en La Nueva Edimac, S. L.
Impreso en Egedsa (Sabadell, Barcelona)

RH35755

Penguin
Random House
Grupo Editorial

ÍNDICE

EL PRIMER DISPARO
SERÁ SIEMPRE EL PRIMER DISPARO

Nota aclaratoria a la edición aniversario de la novela desaparecida

La presente edición de *Bienvenidos a Welcome* es casi un objeto fantasma. Ha viajado en el tiempo desde un pasado remoto en el que nada era aún posible y se ha hecho papel en un futuro en el que todo lo parece. Y como tal debe ser juzgada, como una rareza que estuvo a punto de no existir. Porque, de hecho, no existió. Los únicos ejemplares que circularon los puse en circulación yo misma, pese a que la editorial era una editorial comercial, entregándolos, personalmente, en mano, a sus interesados y desconocidos lectores. Se puede decir entonces que existió para unos pocos, y que quizá estos pocos, sabiéndose privilegiados por poseer tan extraño objeto, lo adoraron sin remedio, siempre una sonrisa (mejor: una carcajada) a punto, porque nada debe tomarse, nunca, en serio, y mucho menos algo que contiene la clase de delirio que contiene *Welcome*.

Concebida como un homenaje a la gran y *kitsch*, a la *queer*, *Duluth*, de Gore Vidal, y escrita entre 2006 y 2008 con el espíritu de un Boris Vian que amase las mayúsculas de Hubert Selby Jr., los detectives que no se tomaban en serio, el sexo arquetípico de Henry Miller, y el ridículo de Arturo Bandini —el escritor invencible de John Fante que jamás se rendirá por más que jamás deje ser un escritor horrible, porque escribir es todo lo que quiere hacer, porque no quiere, en realidad, hacer otra cosa porque está condenado, y le gusta su condena, y le trae sin cuidado lo que piensen los demás de ella– *Bienvenidos a Welcome* acabó siendo el punto de partida de un universo que, sin que en aquel momento tuviese forma de sospecharlo, se ha ido expandiendo y retorciéndose y barroquizándose hasta extremos que, como escritora, encuentro deliciosamente adictivos. Podría decirse que *Bienvenidos a Welcome* me mostró el camino. Que no se limitó a extender ante mí el mapa y a señalar algo parecido a una *X*, sino que fue el *mapa*.

A veces pienso que mis novelas son pequeños parques de atracciones que me construyo para *desaparecer* en ellos. Para no salir a jugar, para jugar *aquí dentro*. Y a veces también pienso que ninguno hubiera existido sin esta novela. Porque antes de *Welcome* nada parecía posible, y después, todo lo era. Escribí una vez que la primera batalla que debe librar el escritor en tanto que escritor es una batalla contra sí mismo, contra su propia idea de sí mismo, para poder, después, contarse, porque lo único que desea el escritor es contarse. Bien. Todo eso fue lo que pasó en *Welcome*. No sólo decidí contarme sino que descubrí cómo iba a hacerlo. Derribé, ladrillo a ladrillo, el muro que me separaba del monstruo, la pulsión, y la convertí en eso que es *Welcome*, y que, con el paso del tiempo, acabó siendo todo lo demás. Por eso, aunque el primer disparo siempre será el primer disparo y contendrá todo tipo de maravillas, y también, todo tipo de desastres, creo que merecía dejar de ser, para siempre, una pieza fantasma, y empezar a existir.

Aquí la tienen.

Pasen y lean, la vagoneta está en marcha por fin.

Otra vez.

BIENVENIDOS A WELCOME

A Arturo Bandini

En lo alto de la torre del Centro
de Comunicaciones McKinley,
el enorme letrero de neón proclama:
«¡Duluth! La ames o la aborrezcas,
nunca puedes abandonarla ni perderla».
Beryl frunce el ceño.
—¿Qué significa ese letrero?
¿Lo de no poder abandonar ni perder Duluth?
—No lo sé realmente —responde Edna, con tono
evasivo—. Siempre ha estado ahí.
—¿Tú crees que es verdad?

GORE VIDAL, *Duluth*

I belong to the blank generation
I can take it or leave it each time

RICHARD HELL & THE VOIDOIDS,
Blank Generation

1

BIENVENIDOS A WELCOME

Entre los maltratados arbustos de una montaña desierta, se erigen, como diosas de otro mundo, las siete letras blancas que dan nombre a la ciudad (W, E, L, C, O, M, E). Y en la radio suena, sin remedio, «Haz conmigo lo que quieras», canción que popularizó hace un par de años Anita Velasco, única hija de la histriónica Peggy Sue, cuyo verdadero nombre es todavía un misterio.

Como himno oficial de la ciudad, «Haz conmigo lo que quieras» suena día y noche en las oficinas de la Administración Local y al menos una vez cada hora en emisoras y pequeños comercios. Los grandes se libran gracias al pago de un impuesto millonario. Y, pese a que las estadísticas aseguran que la canción es responsable de ocho de cada diez suicidios en la ciudad, el alcalde se niega a hacerla desaparecer. Entre otras cosas, porque fue el himno de la campaña que le permitió instalarse en El Rancho, nombre con el que se conoce vulgarmente la residencia del Alcalde, con mayúsculas, sea quien sea.

Eso y que, según las malas lenguas, está perdidamente enamorado de la joven. Anita Velasco, que fue elegida en marzo Chica Más Guapa Del Año por segundo año consecutivo, había asegurado esa misma noche en horario de máxima audiencia que era lesbiana. Quizá, también según *Malas Lenguas,* la revista más vendida de la ciudad, para quitarse de encima a la marabunta de admiradores que dormían a las puertas de su casa desde que el *Welcome Times* publicó aquel desnudo a nivel nacional.

Sea cual sea el caso, y como acostumbra a decir Rita Mántel, lo único que hizo Anita fue pisar suelo recién fregado. Oh, sí, porque la marabunta no se fue a ningún sitio. Simplemente cambió de sexo y, no sólo no disminuyó en número, sino que, según La Siempre Efervescente Lu, compañera de la Mántel en la redacción de *Malas Lenguas,* aumentó en una veintena de *girl-scouts* procedentes de Boston.

Así que, cuando Anita Velasco salió de casa aquella mañana y tropezó, como hacía siempre, con la última arruga de la alfombrilla de la entrada, cayó encima de una tienda de campaña rosa.

—¿Por qué rosa? —le preguntó una hora después La Siempre Efervescente Lu a la propietaria de la tienda.

—Me la compró mi madre. Cree que así me volveré otra vez chica —dijo la joven, lectora de cómics de *Súper Chica,* poetas suicidas y novelas eróticas protagonizadas por rubias tontas y tipos raros.

Ni siquiera alzó la vista cuando lo dijo. Lu era rubia y podía ser tonta, así que lo único que consiguió fue ruborizarla. La chica se puso tan roja que podría haber hecho juego con las uñas de Rita Mántel, que, en aquel preciso instante, tamborileaban junto a su teclado de piel de melocotón a casi diez kilómetros de la mansión de Anita Velasco.

Rita estaba leyendo el último mensaje de su *tristeamante.* Así lo llamaba ella. Sólo Bobo conocía su verdadero nombre, pero Bobo nunca hablaba con nadie que no fuera Rita.

—Dice que quiere atragantármela, querido.

—OH, eso es ESTUPENDO —dijo Bobo.

Bobo se pintaba las uñas de los pies porque a su madre le gustaba.

—Píntate esas uñas, jodido negro —decía su madre.

Pero nadie tenía ni idea de lo que era ser Bobo Sedán.

—Esta noche —dijo Rita.

—OH —respondió Bobo.

Sí, Rita y Bobo veían demasiadas películas. Sobre todo, los domingos por la tarde. Porque, ¿para qué demonios ha de querer sino una un domingo por la tarde, querido?

—¿Crees que debería llamarle?

—¿Llamarle? —A Bobo a veces le temblaba el ojo derecho y eso quería decir: No seas estúpida, querida porque yo no lo sería.

—LLAMADAS ESTÚPIDAS —dijo Amanda, pasando como un velocirraptor que hubiera perdido toda su agilidad a cambio de un masculino, fibrado e incómodo cuerpo, la dirección de la revista más vendida de la ciudad, un par de tacones de acero destilado en Texas, un rubio oxigenado y una envidiable frente peluda.

—¿DÓNDE ESTÁ LU? —preguntó Amanda, haciendo un alto en el camino.

—¿Lu?

—HE DICHO: ¿DÓNDE ESTÁ LU?

—¿Pasa algo, querida?

—HE DICHO DÓNDE.

—Oh, debe andar con esas lesbianas —dijo Rita.

—¿QUÉ LESBIANAS?

Amanda también se pinta las uñas de los pies. Lo hace porque su psiquiatra se lo pidió. Le dijo: Tienes que pintarte esas uñas, Amanda.

—¿TÚ CREES?

—¿Cómo demonios quieres ser alguien con esas uñas?

—¿TÚ CREES? —repitió Amanda.

Luego se pintó las uñas. Y al día siguiente su hermano era alcalde de la ciudad. Así que, oh, querida, esas uñas no están nada mal.

—Anita Velasco —informó la Mántel.

—¿ANITA?

—La enviaste TÚ misma —aclaró, aquella mañana, Rita.

Amanda resopló. Su flequillo en forma de caracol se estrelló contra su frente. Ahí va. Sí. Cada vez que resopla. Ahí va. Salta y se estrella. Buf. Salta y se estrella.

—LU–LU–LU —gritó, alejándose hacia el mostrador de Ginger Ale.

Oh, Ginger Ale. Cada día es el mismo repetido para Ginger Ale. Pero a nadie le importa, porque Ginger Ale sólo es la chica que sonríe tras el mostrador. La chica que sonríe y dice, Oh, buenos días, y, Oh, hasta luego. Ginger toma pastillas para no dejar de sonreír. Ginger es un poco estúpida. A veces se queda dormida con el teléfono en la mano y la sonrisa en la boca. Las pastillas para no dejar de sonreír provocan somnolencia.

Hace tres días, cuando la nave espacial se estrelló contra el Centro Comercial 33, Ginger estuvo a punto de hacerse pedazos la mandíbula.

Además de somnolencia, las pastillas para no dejar de sonreír provocan una aceleración del ritmo cardíaco que el somnífero incluido en la mezcla intenta mitigar, pero que, en ocasiones de elevada exposición al Mundo Real, se traduce en un peligroso castañeteo de dientes que puede hacerte pedazos la mandíbula.

—¿QUÉ DEMONIOS LE PASA? —gritó Amanda, entonces.

—Efectos secundarios, querida —dijo Rita.

Y nadie dijo nada más. Tres minutos después, Ginger se desmayó y ya no hubo más ruido de dientes. Vernon se agachó a comprobar si seguía viva y aprovechó para meterle mano bajo el sujetador.

—¿ESTÁ VIVA? —gritó Amanda.

—Sí —dijo Vernon.

—PUES A TRABAJAR —gritó Amanda.

—¿Y la dejamos aquí, querida? —preguntó Rita.

—HE DICHO: A TRABAJAR.

—Oh, sí, claro, querida.

Así que se pusieron a trabajar y al rato Ginger despertó.

—He debido resbalar.

Y se metió en el cuarto de baño.

Luego salió y se sentó tras el mostrador.

Y allí seguía.

—LLAMA A LU —gritó Amanda.

—Claro, señorita Arden —dijo Ginger, y, sin dejar de sonreír, marcó el número de Lu.

Amanda resopló. El flequillo saltó y se estrelló. Buf. Buf. Salto. Salto. Buf.

—DILE QUE VENGA.

—Sí, señorita Arden —susurró Ginger.

Amanda se dio media vuelta y se alejó. Y cuando estuvo lo suficientemente lejos, se metió en su despacho. BAUM.

—¿Lu? —Esa era Ginger.

—¿Sí?

—Soy Ginger.

—Dime, Ginger.

—Amanda quiere que vengas.

—Estoy con el tema de Anita.

—Amanda quiere que vengas.

—Dile que estoy con el tema de Anita, Ginger.

—Creo que ya lo sabe.

—¿Ya lo sabe?

—Sí. Y quiere que vengas.

—Oh, Dios. Dile que ahora mismo voy.

—Vale.

—Hasta ahora, Ginger.

—Oh, gracias, Lu.

Lu solía tratar a Ginger como una persona. El resto no. Para el resto Ginger era como la alfombrilla que uno pisa antes de entrar en casa.

—¿Está en casa de Anita? —preguntó Rita, en cuanto Ginger colgó.

—Sí. Pero ya viene.

—Oh, claro. Ya.

La puerta del despacho de Amanda se abrió de repente y Amanda gritó:

—¿RITA?

—¿Sí, querida?

—VEN.

—Voy.

La gigantesca rubia cerró la puerta (BAUM) antes de que Rita pudiera mover un dedo. Bobo se encogió en su silla azul.

—Ten cuidado.

—Lo tendré, querido.

—A veces muerde —añadió el joven, mostrándole la cicatriz que empequeñecía en su mano izquierda.

—Lo sé. No te preocupes. Necesito llegar entera a mi cita de esta noche.

—Oh, claro —dijo él, y sonrió.

Luego se concentró en la página que parpadeaba en la pantalla. Leyó. LEO: PENSAR EN EL PASADO ES COMO MASCAR CHICLE DESTEÑIDO. Oh, no, debería decir: como mascar UN chicle desteñido. Sí, eso es, eso es, se dijo Bobo. Luego tecleó UN.

El despacho de Amanda Arden olía a Landom, el perfume más caro del mundo. Casi tanto como las paredes de goma que se había hecho instalar hacía apenas un par de semanas. La insonorización era perfecta. Podría haber estallado un dinosaurio oficinista allí dentro y el último en salir hubiera cerrado con llave.

—No quiere que la oigamos gritar —había sugerido Lu.

—Oh, claro, debe hablar con sus fantasmas —había añadido Rita.

Nadie conocía nunca a ningún amigo de Amanda Arden.

—O con su hermano —sugirió Lu.

Bobo asintió. Claro, su hermano.

—SIÉNTATE.

Rita acababa de entrar en el despacho de Amanda y ella acababa de pedirle que se sentara. Así que Rita se sentó.

—¿Sí, querida?

–EN PRIMER LUGAR, QUIERO QUE DEJES DE LLAMARME «QUERIDA».

–Oh, claro.

–NO QUIERO OÍRTE DECIR «QUERIDA» NUNCA MÁS.

–Oh, sí.

–Y TAMPOCO QUIERE OÍRTE DECIR «OH».

–De acuerdo.

Rita se quedó sin aire. Estuvo a punto de ahogarse. ¿Cómo quiere que hable? ¿Cómo DEMONIOS quiere que sea YO así?

–BIEN. AHORA QUIERO HABLAR DE ESA NAVE.

–¿Qué nave?

–LA NAVE QUE SE ESTRELLÓ CONTRA EL 33.

–¿Eso era una nave?

–NO.

–¿Entonces?

–QUIERO QUE ESCRIBAS UN ARTÍCULO.

–¿Un artículo?

–¿QUÉ SE SUPONE QUE HACEMOS AQUÍ?

–Oh, sí.

–NO OH.

–De acuerdo.

–ESCRIBE UN ARTÍCULO SOBRE ESA SERIE.

Cuando la supuesta nave se estrelló contra el Centro Comercial 33 había un total de mil seiscientas tres personas dentro. Y toda esa gente iba a protagonizar una serie de televisión en alguna parte. La serie se llamaría *Mil Seiscientos Tres*.

–¿Qué serie?

–DIME QUE NO SABES DE QUÉ TE HABLO Y ESTARÁS DESPEDIDA.

–Oh, Amanda, querida…

–¿CON QUIÉN ESTOY HABLANDO?

Buf. Salto. Buf. Salto. Y el flequillo se estrella contra la frente. Buf. Salto.

–Perdón. Amanda. Perdón. De acuerdo. La serie.

—LA NAVE ES UN CEBO PUBLICITARIO. Y TODA ESA GENTE ESTÁ EN ALGÚN LUGAR. QUIERO QUE LA ENCUENTRES.

—¿A quién?

—A TODA ESA GENTE.

—Sí.

—Y QUIERO QUE ENTREVISTES A UNOS CUANTOS PORQUE VAMOS A PUBLICAR UN REPORTAJE.

—Claro.

Hacía meses que Rita no salía de la redacción. A Rita le gustaba cuidar de sus uñas y de sus zapatos y una no podía cuidar de sus uñas y mucho menos de sus zapatos si salía a la calle. Rita odiaba las malditas calles en descomposición de su ciudad. Pero Rita tenía que conservar su trabajo. No sabía por qué, pero tenía que hacerlo. Así que se despidió de lo que era y se dispuso a ser cualquier otra cosa. Imaginó un teatro y luego imaginó que las luces se apagaban y que el telón se hacía pedazos y allí estaban sus diez uñas rojo sandía, diciendo adiós.

2

BRANDY NEWMAN ES DEMASIADO TORPE PARA SER DETECTIVE

El Inspector Jefe estaba dando vueltas en la silla de su despacho cuando Greg El Gordo entró. Greg El Gordo también era aficionado a las sillas giratorias. Greg giraba durante horas en la peluquería de su madre. Y ese era todo el ejercicio que hacía. Pero ese no era todo el ejercicio que hacía el Inspector Jefe. El Inspector Jefe presumía de vientre plano y músculos de acero. El vientre plano se lo debía a Subhero, la compañía que hacía tres años había conseguido aislar el componente de la heroína que eliminaba TODA la grasa que se consumía y había empezado a comercializarlo en forma de minúsculas cápsulas de color gris. Y los músculos de acero se los debía al gimnasio que había montado en el sótano de su cabaña de corcho sintético, situada a pocos metros de la primera de las letras blancas que componían el nombre de Welcome en la abandonada colina que daba la bienvenida a la ciudad.

–Inspector. El detective ha llegado –dijo Greg, y cerró la puerta a sus espaldas.

–¿Eh?

El Inspector detuvo su silla.

–El detective, Inspector –repitió Greg.

–Ah, el detective.

–Sí.

—¿Está aquí?

—Está ahí fuera, Inspector.

—Dile que pase.

Greg asintió y salió. El Inspector abrió el primer cajón de su escritorio y sacó el espejo de mano. Se retocó el flequillo. Luego se retocó los labios y los ojos. Júpiter Ron era adicto al maquillaje. Podría decirse que el maquillaje le había salvado la vida, como había salvado la vida de aquella, su BENDITA, ciudad.

Al otro lado de su espejo de mano, mucho más allá, detrás de la puerta de su despacho, Greg El Gordo se aproximaba al escultural tipo que lidiaba con una de las seis máquinas de café que Jup había hecho instalar junto a su despacho.

—¿Oiga? —dijo Greg El Gordo.

Greg necesitaba ayuda para atarse los cordones de los zapatos. Empezó a necesitarla a los siete años cuando, tras un atracón de fresas de goma, presumiblemente contaminadas con redoblagrasas, engordó ciento tres kilos.

—¿Sí?

El detective se dio media vuelta, de la manera más extraña y brusca que le fue posible dadas las circunstancias (teniendo en cuenta que estaba agachado junto a la ranura de las monedas), y se cayó al suelo. Con tan mala fortuna que, antes de que su recién estrenada americana azul se estrellara contra el linóleo amarillento de la comisaría, se abrió la ceja izquierda con la silla más próxima a la máquina que había elegido.

—¡OH DIOS! —gritó, al caer.

—¿SE ENCUENTRA BIEN? —preguntó Greg.

—No se preocupe —El detective se llevó la mano a la cabeza.

—¡Está sangrando! —bramó Greg.

Y sí, el detective sangraba. Pero no parecía importarle demasiado. Se incorporó, se sacó un pañuelo del bolsillo y se lo colocó sobre la herida.

–No es nada –dijo.

Luego volvió a meterse la mano en el bolsillo. Sacó una especie de pastillero. Se sentó en una de las sillas. Se tomó una pastilla. Era blanca y sabía a yogur desnatado. Se la tomó y se sintió bien al instante. No había quemazón en la ceja. Puede que no hubiera ni ceja. Estupendo. Volvió a guardarse aquella especie de pastillero.

–¿Se encuentra bien? –insistió Greg.

–Estupendamente. –El detective sonrió.

–Sigue sangrando.

El detective se quitó el pañuelo de la frente. Había dejado de sangrar.

–¿Cómo ha hecho eso? –Greg no había oído hablar de las pastillas Noherida.

–¿El qué? –El detective se limpió la sangre seca. Cuando acabó, no quedaba más que una diminuta cicatriz.

–¿Dónde está la herida?

El pilotito rojo de la máquina de café que había estado trasteando el detective se apagó de repente y una voz metálica anunció: «Su café está listo, caballero».

–¿Le apetece un café? –El detective le tendió el vaso de plástico a Greg.

Greg lo cogió sin pestañear.

–Supongo que el Inspector me espera –dijo luego aquel tipo extraño con aspecto de superhéroe. ¡Se cura las heridas! ¿Qué demonios está pasando aquí?

Greg asintió y le señaló una puerta.

–Gracias –dijo el detective y luego–: Intente disfrutar de ese maldito café.

Greg asintió, pensando en, oh, mierda, ¿y si mamá mintió? ¿Y si mamá mintió y los superhéroes existen? ¿Y si están entre nosotros?

Mientras, el detective había llamado (TOC TOC) a la puerta del Inspector.

–¿Inspector? –preguntó, entrando.

El Inspector estaba apostado junto a la ventana. Acababa de reprimir un bostezo. El mundo era TAN aburrido. Y la parte del mundo que podía ver desde la ventana de su despacho era el no va más del aburrimiento. Juéguenselo al ajedrez y ganarán, sea cual sea la década en la que termine su partida.

–Siéntese –al Inspector le gustaba hacerse el Mire Qué Duro Soy, así que siguió dando la espalda al escultural detective hasta que le oyó ocupar su lugar en la crujiente silla de los detenidos o amigos o amantes.

–Bienvenido a Wel –dijo, dándose la vuelta y (VIÉNDOLE)–. Come.

–Gracias –el detective sonrió.

Oh, Dios mío, es. Oh, Dios, LE-A-MO.

–¿Hace este tiempo en su ciudad? –Oh, trata de mantener la calma, Jup.

–Oh, sí. Más o menos. Quizá haga un poco más de frío.

–El frío es terrible, ¿no cree? –Jup se acercó a su mesa y la rodeó como lo habría hecho Bette Hellbum, su actriz favorita. La Gran Bette.

–Oh, bueno. El verano es peor.

–Puede –dijo el Inspector, sentándose en su sillón.

Le apetecía quitarse la camisa y dejar que el joven (y ES-PECTACULAR) detective le viera en camiseta. Pero no podía hacerlo. No todavía.

–Welcome es estupenda –dijo el detective, echándole un vistazo a la ventana que el Inspector acababa de dejar.

El sol se colaba por entre los pliegues de la cortina a rayas como si fuese el único inquilino posible del despacho.

–Sí. Estupenda. –Jup abrió el segundo cajón de su escritorio–. ¿Quiere una copa?

–¿Una copa?

–¿Qué demonios le ha pasado ahí? –Jup había advertido la pequeña cicatriz.

–Oh, nada.

–Un tipo duro, ¿eh?

El detective sonrió. Jup también sonrió. El maquillaje se encogió en sus mejillas.

—¿Una copa, entonces? —insistió.

—Una copa, ¿por qué no?

El Inspector se retiró parte del flequillo de la frente y sacó una botella del cajón. Brandy Newman. Luego sacó un par de vasos. Eran pequeños pero eran vasos. Sirvió las dos copas. Le tendió una al detective y alzó la otra. Brindaron. El Inspector le guiñó un ojo. El detective se pisó el pie izquierdo.

—Por esa jodida nave —dijo el Inspector.

El detective sonrió. Luego imitó a Jup y apuró el minúsculo vaso. Jup le miró y sonrió. Luego sirvió otro par de copas.

—No se corte. Puede beber tanto como le apetezca.

—Oh, gracias, señor. —El detective le dio un trago al segundo vaso.

—No me llame señor, llámeme Júpiter.

—¿Júpiter?

—Mi padre era astrónomo y mi madre. Bah. También puede llamarme Jup. Parece usted un buen tipo. ¿Cómo puedo llamarle yo?

O estoy soñando o ese viejo acaba de guiñarme un ojo. Otra vez. Otro ojo. ¿Por qué no recoges tus cosas y te largas por donde has venido?

—Brandy —dijo, porque acababa de ocurrírsele—. Brandy Newman.

—¿Brandy Newman? ¿Como el brandy?

—Sí. Es curioso. Sí —El tipo que se hacía llamar Brandy se rio de la ocurrencia de Jup, que creyó haber sumado al menos dos tantos al servirle aquel par de copas.

—Oh, Brandy. Estupendo. —Jup se rio. Jup tenía demasiados años y había pedido demasiados deseos, justo antes de soplar las treinta, cuarenta, cincuenta, cincuenta y nueve velas, pero hasta ese maldito día (oh, sí, ya puedes anotarlo en tu diario, viejo) ninguno de ellos se había cumplido (di algo de una vez,

Jup, deja de reírte de lo que sea que te estés riendo y di algo)–. ¿No es usted de por aquí, entonces?

–Oh, no. Bueno. Sí. Mis padres lo eran.

–Aaah, los padres. Malditos, ¿verdad? Malditos padres.

–Oh, bueno, sí.

–¿Quiere otra? ¿No se ha bebido todavía esa?

–No.

–Pues beba, querido Brandy.

¿Querido?

–Esa jodida nave va a darle demasiados dolores de cabeza.

–Oh, no. No suele dolerme la cabeza.

–Mejor, uhm, bueno, será mejor que hablemos del asunto.

–Sí.

–No quiero que mis hombres se involucren.

–Entiendo.

–La nave es un cebo publicitario.

–Un cebo, sí.

–¿Lo ha leído?

–Oh, sí –dijo, pero la respuesta era, ¿de qué demonios me está hablando?

–Bien. Me gustan los chicos informados.

Claro, estupendo.

–En realidad no sabemos qué es ese chisme, aunque a nadie le preocupa demasiado. Me refiero a nadie de aquí dentro, ya sabe. La gente se volvería loca si supiera algo. Ya sabe cómo son. Qué voy a contarle. Es usted detective privado. Sólo le pido que no juzgue mal a los chicos de esta *bendita* ciudad. Me refiero a los chicos de aquí dentro. No queremos que nadie. Ya sabe.

–Oh, sí.

–El problema es toda esa gente muerta.

–¿Qué gente?

–La gente que estaba en el maldito centro comercial cuando la nave. Ya sabe. Se estrelló. ¿Le gustan los centros comerciales, Brandy?

—No.

El Inspector se rio.

—¿Murieron ahí y ustedes no han dicho nada?

El Inspector dejó de reírse.

—No.

En la cara del Inspector podía leerse la palabra CUIDADO (así, en mayúsculas). Así que Brandy dijo:

—Entiendo —y como Jup no dijo nada, añadió—: ¿Y qué hacen ahora?

—Retirarlos. Los retiramos en furgonetas publicitarias.

—¿En furgonetas publicitarias?

—Oh, sí. Nos están pagando mucho por hacerlo. Aunque en realidad no saben nada. Nuestros hombres las conducen. Ellos no saben nada. El propio cliente cree que todo es cosa de la publicidad.

—Oh, eso es, es estupendo, Inspector.

—Jup.

—Jup, sí.

—Pero usted tiene que entrar ahí y descubrir qué demonios es ese chisme.

—Tengo que descubrir qué es ese chisme.

—Sí. El alcalde quiere saber si hay alguien dentro y si ese alguien querría hablar con él. Las elecciones están cerca, ¿sabe?

—Entiendo —dijo Brandy.

—Cuando las elecciones se acercan cualquier movimiento es… Ya sabe. Como en el ajedrez. Cualquier movimiento puede ser jaque mate.

—Claro.

El Inspector le miró como si acabara de abrírsele un agujero de bala entre ceja y ceja. Luego se retocó el flequillo, que volvió a caer sobre su frente, y sonrió, de medio lado, como sonríen los vaqueros en las películas. Se bebió su copa de un trago.

—Bien —dijo luego.

—Sí. Supongo que debo irme —dijo Brandy, y apuró su copa.

—No tiene por qué irse a ningún sitio si no quiere —dijo el Inspector, alargando la mano sobre la mesa y posándola sobre la del detective.

—Oh. —Brandy se puso en pie de un salto. La mano de Jup quedó sobre la mesa, inquieta—. Debería, eh, empezar cuanto antes.

—Eso está bien. Muy bien. —Jup sonrió—. ¿Cenamos juntos esta noche?

¿Cenar? ¿Quién se ha creído que es? ¿Mi chica?

—Sería un placer para mí, Inspector, pero este trabajo. Ya sabe. Nunca sé si podré cenar. Usted debe saberlo mejor que nadie.

—Lo único que sé, querido Brandy, es que soy su jefe. Así que si yo le digo que a las diez en el Calvados es a las diez en el Calvados. No se preocupe por el tiempo. Hay demasiado tiempo. El tiempo está por todas partes.

Brandy asintió.

—¿Conoce el Calvados?

—No.

—Enviaré un coche a su hotel.

—Oh, no se moleste.

—Le recogerá a las diez menos cuarto.

Brandy asintió.

3

LA NIÑA, EL PIANO Y EL ZAPATO

Cuando tenía siete años, Sarah Du dibujó su primera cucaracha. Lo hizo después de leer un libro llamado *El tipo cucaracha*. Luego creció y se convirtió en dependienta de videoclub, pero siguió dibujando cucarachas. Un día encuadernó un buen puñado de sus historietas y se las llevó a un editor. Después de echarles un vistazo, sorprendido por lo macabro de las viñetas, el editor quiso saber por qué dibujaba cucarachas. Y luego quiso saber por qué las mataba como si fueran personas. Por qué las descuartizaba. Oh, sí, ahí está, la pregunta estrella. Todos querían saber por qué. Por qué, por qué, por qué. Pero Sarah no sabía por qué. Así que se encogió de hombros y dijo:

—No sé.

El editor asintió, devolvió las historietas a su carpeta y le preguntó si había leído *El tipo cucaracha*. Como todos los demás. Todos creían que Sarah dibujaba cucarachas porque había leído aquel jodido libro y siempre le recordaban el caso de una cría que se dejó aplastar por un piano porque creyó que era un zapato. Claro. Estupendo.

—Así que trabajas en un videoclub —dijo luego, porque eso es lo que solían decir todos después del rollo de la cría y el piano y el zapato.

Y Sarah dijo: Sí.

Porque era cierto. Pero ¿a quién le importaba? Ese tipo no tenía más que echarle un vistazo a sus dibujos y decir: Oh, son estupendos o: Dios mío, son terribles, y nada más. Nada más. Porque, ¿a quién le importaba lo que había leído de niña? A todos. Porque puede que todos supiesen lo que iba a ocurrir. Puede que todos supiesen que un día, una nave espacial se estrellaría contra el CC33 y Sarah Du estaría a punto de convertirse en aquella cría del piano y el zapato.

Y ahora Sarah tenía una costilla menos. También tenía seis puntos en la pierna izquierda y una ceja de mentira. Sarah no solía salir los martes por la tarde pero el martes pasado salió. Había quedado con alguien en la puerta del CC33. El chico parecía un buen chico, pero sal y verás. Cuando intentaba abrir la boca se imaginaba devorada por una esponja carnívora.

—Verás qué bien —decía su madre.

Y ella no podía decir nada.

—Verás qué bien —repetía su madre.

Y ella seguía sin poder decir nada.

Eran las cinco y trece y ella había quedado a las cinco y cuarto y estaba leyendo cualquier cosa, una revista, un cartel publicitario, cualquier cosa, y entonces ocurrió. De repente estaba en el suelo y ¡OOHDIOSMÍO! ¡ESTOYARDIENDO! ¡SACADME DE AQUÍ! ¡OOOHSACADME! ¿POR QUÉ NO PUEDO OÍRME? Había fuego y pies y zapatos y bufandas y calcetines y manos ardiendo, en el suelo, ardiendo, junto a ella. ¡OOOOHDIOSMÍO! ¡ESTOYARDIEEENDO!

—¿Es ESA mi bufanda? —le pareció oír que decía el tipo que ardía a su lado, y entonces cerró los ojos y lo siguiente que vio fue el envoltorio de su chocolatina favorita. Estaba en una mesita. Una mesita de hospital. Y ella estaba en la cama que hacía juego con la mesita.

—¡CARIÑO! —gritó alguien.

Sarah levantó la vista. Oh, no, se dijo. Y entonces fue cuando intentó decir algo por primera vez en tres días y no pudo decir nada.

—OHESTÁSBIENESTÁSBIENCARIÑO —decía su madre.
Volvió a intentarlo. No pudo abrir la boca.
—OOOOOHCAAARIÑO —dijo su madre.
Estaba llorando.
Sarah cerró los ojos.
Cuando volvió a abrirlos, estaba en una silla de ruedas.
Bien, podemos irnos. Podemos irnos y puedes explicarme
qué ha pasado. Quiero saber qué ha pasado. Y quiero saber
por qué has estado comiéndote *mis* chocolatinas.
—Verás qué bien, cariño —dijo su madre.
Y luego:
—He llamado a Ron. Vendrá a buscarte esta tarde. Dice que
quiere llevarte a un sitio. Dice que va a conseguirte un autó-
grafo de Anita. No sabía que te gustaba Anita. Oh, ya verás,
cariño. Verás qué bien.
No me gusta Anita, pero la veré, sí, porque no puedo hacer
mucho más, pensó Sarah. Y luego se añadió, Bueno, puedo oler
esta maldita silla de ruedas. Huele a azufre. No, soy yo la que
huele a azufre, se dijo. Oh, miradla, es el mismísimo SATANÁS,
pero no temáis, miradla, está en silla de ruedas, y apenas puede
abrir los ojos, porque está cubierta de vendas.
Oh, Sarah, la estúpida momia, ardió como una antorcha.
—El doctor ha dicho que en un mes podrá quitarte las vendas, cariño. ¡Un mes! Un mes y estarás como nueva, cielo.
No, no voy a estar como nueva, ¿me estás oliendo? Huelo
a azufre, como el demonio, mamá, así que aléjate de mí, enséñame a hacer girar este chisme y aléjate de mí de una maldita vez.
—Verás qué bien.
Sarah Du era la única superviviente de la masacre que
había provocado aquella nave en el CC33, por eso había sido
inducida a un simulacro de coma borrarrecuerdos y había olvidado que trabajaba en un videoclub y que solía dibujar
cucarachas y que una vez una niña había creído ser un zapato
y se había dejado aplastar por un piano. Pero no había olvida-

do que había estado a punto de dejar a Ron y que aquella tarde

¿dónde está mi bufanda?

había quedado con otro,
pero no había llegado a verle porque el mundo
el CC33
había estallado y ella había visto arder a aquel tipo
¿dónde está mi bufanda?
junto a su pie derecho. Oh, no, nadie podría volver a preguntarle a Sarah Du por qué solía dibujar cucarachas y por qué solía descuartizarlas, porque incluso había olvidado que una vez había leído un libro llamado *El tipo cucaracha*. Pero cualquiera podía preguntarle por qué estaba tan segura de que nunca existiría una serie llamada *Mil Seiscientos Tres*.

–Muy sencillo –les diría ella entonces, si es que alguna vez recuperaba su boca–. Porque yo estuve allí.

Sí, eso les diría.

Y es que, a veces, el simulacro de coma inducido borrarrecuerdos no era más que eso, un simulacro.

4

NO PUEDES HACERME ESTO A MÍ

Mientras el equipo de investigación del *Welcome Times* se reunía con el fin de decidir qué verdad alternativa debía inventarse su cabecera (por supuesto, el director sabía la verdad y se la contó a su redactor jefe que, sin embargo, no se la contó a su querido y envidiado equipo de investigación, integrado por descendientes directos de periodistas de investigación que a su vez eran hijos y nietos de estos ilustres profesionales), Lu Ken entraba en la redacción de *Malas Lenguas* con el ímpetu de un maremoto.

La redacción de *Malas Lenguas* tiene forma de U. La entrada está situada justo en el centro, entre el diminuto Archivo de la revista y el despacho de Amanda, que se han quedado con el ala este y oeste de la letra, respectivamente.

—Hola, Lu. —Esas eran Ginger Ale y su sonrisa.

—Hola, Gin —dijo Lu, clavando sus codos en el mostrador.

Vernon levantó la cabeza de su libreta y dejó caer el teléfono. Luego dijo:

—Ho. Hola.

—Hola, Vernon. —Lu levantó las dos manos y saludó a Vernon, que estaba metido en su cubículo de agencias, como quien saluda a un estúpido admirador desde la alfombra roja.

Y Vernon sonrió. Llevaba semanas soñando con Lu Ken. Soñaba que la revista trasladaba su redacción a un gigantesco transatlántico y que, una noche, mientras él y Lu tomaban una copa en cubierta, aquella especie de *Titanic* se hundía y que, a la mañana siguiente, él y Lu despertaban abrazados en una isla desierta.

—Co-co-co —empezó a decir Vernon.

—Atiende ese teléfono, Vernon —le dijo Lu.

Lu era alta, rubia, y tenía los ojos azules y muy grandes y las pestañas más largas que Vernon había visto jamás. Vernon estaba loco por Lu Ken, pero no era capaz de pronunciar una frase con sentido en su presencia. De haber sabido que a Lu le gustaba (era moreno, era fuerte, era joven y tenía los ojos azules, como ella), lo habría hecho, pero, de todas formas, sólo era un chico de agencias, ¿y qué podía hacer La Siempre Efervescente Lu con un chico de agencias? Oh, no, no podía ir con él a una de sus cenas, pero podía citarlo a cualquier hora en su pequeño estudio del centro y dejar que se la tirara. Oh, sí, a Lu le gustaba dejar que los demás hicieran cosas por ella, en eso consistía el periodismo: Deja que los demás hagan cosas por ti y finge haberlas hecho tú por ellos. Maquina, maquina y tendrás aplausos, aplausos.

—Oh, Lu —dijo Ginger.

—Oh, perdona, Gin, dime.

—Creo que Amanda ya no te necesita.

Los codos de Lu volvieron al mostrador.

—¿No? —Se le secó la boca—: Amanda siempre me necesita.

—Ha llamado a Rita. Y luego Rita se ha ido.

—¿Rita?

—Sí.

—¿Y adónde ha ido?

—No sé.

Ginger se encogió de hombros. Sonreía. Siempre sonreía.

—¿Crees que tiene un tema? —preguntó Lu, repentinamente indispuesta.

—¿Rita?

No. Rita no podía tener un tema. Rita estaba demasiado preocupada por sus uñas y sus zapatos. Rita no podía levantarse de su silla porque, ¿con quién hablaría Bobo si Rita no estaba?

—Oh, ya. Imposible.

Ginger sonreía.

—Hablaré con Amanda de todas formas.

—Vale.

—Nos vemos luego, Gin.

—Sí.

Lu abandonó el mostrador de Ginger y se adentró en la redacción. Eslonia no había vuelto, por supuesto. Y nada era lo mismo sin Eslonia. Lu había apostado su colección de novelitas de Ed McBain a que Eslonia había abandonado la ciudad y puede que incluso el país. Eslonia (más conocida como Lonia) había sido subdirectora de la revista. Un día le mordió la mejilla izquierda a Amanda. Fue durante una discusión estúpida. Algo sobre el color de pelo de un NP (Nuevo Personaje). Amanda creía que ya había demasiados rubios y Lonia pretendía sustituir al rubio menos votado por el nuevo NP. El caso es que doce días después del enfrentamiento, Lonia aseguró que bajaba a depilarse los pies y nunca regresó. Cansada de esperar, Amanda la despidió y se quedó con su mesa. Las cuatro mesas de la redacción se habían convertido en tres y, desde entonces, nada había vuelto a ser como antes.

Al menos, no para Lu Ken.

—¿Bobo? —Lu se detuvo un momento junto a su mesa—. ¿Dónde está Rita?

Bobo apartó la vista de la pantalla y la miró. Se encogió de hombros.

—¿Quieres que me crea que no lo sabes?

Bobo devolvió la vista a su pantalla y tecleó algo. Lu susurró, Estúpido, y abrió uno de los cajones de su mesa. La mesa de Lu parecía un bazar chino. Lu amontonaba recuerdos de casi todas partes, incluida la propia Welcome, y así, entre aquel montón de trastos, podías toparte con un disco firmado por la mismísima Anita Velasco, un zapato de la misteriosa Peggy Sue (valorado en un millón de uves) y hasta un mechón de pelo del Capo de Turno, conseguido a las puertas de su mansión. Lu había tratado de vendérselo a su propietario un millón de veces, siempre a través de intermediarios, por supuesto, pero nadie había conseguido dar con él. De hecho, nadie sabía a ciencia cierta quién era. El Capo de Turno era el misterio sin resolver de Welcome. Y Lu Ken era la periodista que iba a encontrarle y a entrar así en el prestigioso equipo de investigación del *Welcome Times*.

En el cajón que había abierto Lu había una botellita de vodka. Le dio un trago y la devolvió a su lugar. Cerró el cajón. Oh, sí, estoy lista, se dijo. Y luego dejó que sus zapatos blancos la acompañaran hasta la puerta del despacho de Amanda.

Lu solía llevar zapatos blancos porque: a) le gustaban, y, b) un día un cantante famoso, muy famoso, le había pedido que se casara con él, en aquel momento, y ella no había podido porque no llevaba sus zapatos blancos. Y los curas de Welcome eran muy estrictos con los malditos zapatos blancos. Así que, ahí va Lu Ken. Toctoctoctocotoc.

Golpeó con sus nudillos cortados la puerta del despacho. Y, sin esperar respuesta, la abrió.

—Ya estoy aquí —dijo.

—¿Y?

—Ginger me ha llamado.

—¿Y YO SOY GINGER?

—No. Ginger me ha llamado de tu parte.

—¿QUIÉN TE DIJO QUE FUERAS A CASA DE ANITA?

—Tú, Amanda. —Lu cerró la puerta a sus espaldas.

—NO. YO NO.

—¡Era el tema del día!

—ANITA NO ES TEMA.

—Anita siempre ha sido tema, Amanda. —Lu se aproximó a la mesa.

—NO.

—¿Desde cuándo?

—DESDE SIEMPRE.

—Perdona, pero no te entiendo, Amanda.

—NO TIENES QUE ENTENDER NADA.

Amanda se quitó las gafas. No veía nada sin ellas pero no le gustaba llevarlas cuando Lu Ken estaba cerca. Su psiquiatra le había dicho que si notaba descender su autoestima debía quitárselas. Y siempre la notaba caer en picado cuando estaba frente a Lu Ken. Lu Ken era todo lo que Amanda había querido ser desde niña.

—Está bien. No tengo que entender. Pero ¿dónde está Rita?

—LA HE ENVIADO A LA NAVE.

—¿A LA NAVE? —Lu estaba a punto de perder los nervios.

—SÍ.

—¡NO PUEDES ESTAR HACIÉNDOME ESTO A MÍ!

—NO ESTABAS, ¿QUÉ QUERÍAS QUE HICIERA? ¿ESPERAR A QUE VOLVIERAS? NO DEBERÍAS HABERTE IDO.

—Oh, no, eso sí que no, Amanda. ME ENVIASTE TÚ.

—HE DICHO QUE YO NO TE ENVIÉ.

—ME ENVIASTE TÚ, AMANDA.

—¡DIOS MÍO! ¿QUIERES CALLARTE DE UNA VEZ? CÁLLATE Y DEJA QUE RITA MUEVA EL CULO. LLEVA AHÍ SENTADA MESES. AÑOS. ASÍ QUE CÁLLATE Y DEJA QUE RITA MUEVA EL CULO.

—No es justo, Amanda. Es el MEJOR tema.

—¿EL MEJOR TEMA? ES UN TEMA, COMO LOS DEMÁS. Y TODOS LOS DEMÁS SON TUYOS. ASÍ QUE CÁLLATE.

—No puedes hacerme esto a mí, Amanda. No puedes.

—SÍ PUEDO. Y AHORA SAL AHÍ FUERA Y ESCRIBE ALGO.

—¿Horóscopos? ¿Como Bobo?

—ME DA IGUAL LO QUE ESCRIBAS. ESCRIBE Y CÁLLATE.

—Rita no va a traerte nada. Pero yo sí puedo. Déjame hacerlo.

—HE DICHO QUE NO.

—Lo haré.

—HE DICHO: NO.

—Lo haré de todas formas.

—ESCRIBE Y CÁLLATE.

Buf. Buf. Salto. Salto. El flequillo de Amanda había estado estrellándose contra su frente desde que Lu había empezado a gritar. Pese a que no podía verla bien, se la imaginaba perfectamente y era demasiado guapa. No podía gritar como ella porque sólo ella gritaba y ella nunca gritaría como Lu. Así que, se tapó los oídos y dijo:

—SAL AHÍ FUERA.

La otra dijo algo parecido a:

—*Momepecedién.*

Y salió.

Amanda suspiró. El flequillo dio un último salto y se estrelló contra su peluda frente. Fin del combate.

5

LA OTRA GRAN MENTIRA

Arto México se sirvió un dandy con hielo y volvió a su sitio.
Walken estaba hablando y Arto no le estaba escuchando. Arto
tenía su propio plan. Encendió un cigarrillo. Linda le miró. Él
se quitó un zapato y posó su calcetín sobre una de las botas
de Linda. Luego empezó a subir. Linda se ruborizó. Carraspeó. Walken preguntó:

—¿Ocurre algo?

—Oh, no, no —dijo ella.

—¿Arto?

—¿Walken?

Arto y Walken no eran buenos amigos. Sus padres ya no lo
habían sido. Y un periodista de investigación tenía forzosa-
mente que heredarlo todo de sus padres. Así que Arto y Walken
intentaban pisarse los cordones de los zapatos el uno al otro
siempre que podían.

—Sigue, Walken —interrumpió Clark Roth, el cuarto componente del equipo de investigación, que completaban Fred
Ladillo, redactor jefe del periódico, y, a través de un interco-
municador virtual, Pony Caro, el director del *Welcome Times*,
que se encontraba en aquel momento en la isla desierta con
la que soñaba Vernon.

—No tengo nada más que añadir. Eso es lo que yo creo que
deberíamos hacer.

–Ajá. –Fred anotó algo en su libreta Excelente Periodista.

–¿Puedes repetirlo, Walken? Estaba –miró a Linda, jugueteó con su pie entre sus piernas, volvió a mirar a Walken y añadió– distraído.

–No hablaba para ti, Arto.

–Chicos –canturreó Fred.

Fred era un buen tipo. Solía usar tirantes y se peinaba hacia atrás, con cantidades industriales de gomina.

–*Quiero oír a...(ef-ef-ef)...inda...(ef-ef-ef)* –dijo, desde la pantalla instalada en su silla, Pony Caro.

–¿Linda? –Fred se dirigió a la chica.

Linda estaba atusándose el pelo. Oh, sí, dijo, dándose por aludida.

El director esperaba impaciente. Sólo llevaba encima una camisa rosa. A su lado, una chica morena le acariciaba los pezones. Los tenía tan grandes que parecían estar a punto de estallar. Linda solía fijarse más de la cuenta en los pezones de los demás.

–Mi plan es sencillo –dijo Linda–. Ya tenemos un enemigo, el Capo de Turno, ¿no? Así que, ¿por qué deberíamos inventamos otro? –dijo.

–¡Bien dicho, pequeña! –bramó Arto.

Caro le miró y abrió mucho la boca pero no pudo oírse más que *FFFFFFF-EF-EF-EF-FFFF*. Luego la boca se cerró y el tipo se cruzó de brazos. Fred le dio un par de golpes a la pantalla y se oyó:

–*(ff-ef-ff)...igue.*

–Al director le gusta tu idea.

–Bien. –Linda era toda sonrisa. Miró al director y continuó–. Podemos tratar de que crean que descubrimos la verdadera identidad del Capo. Ya sabe. Podemos contratar a un actor y fingir que lo acorralamos. Sólo debería hablar usted con el alcalde y decírselo. Decirle que vamos a inventar un Capo. Ya lo hemos hecho otras veces. Ya sabe. La Gran Mentira.

—¿Y toda esa gente? —preguntó Clark Roth.

Clark sólo se miraba al espejo para comprobar que Sus Diecinueve Centímetros seguían ahí.

—¿Puedes responder a eso, Linda? —Ese era Fred.

Fred no era de carne y hueso. Vivía en una serie de televisión. Era el Gran Ladillo, en el papel de redactor jefe del único periódico de Welcome. Por eso hablaba como si se acabara de tragar un guion.

—Por supuesto, Fred. Siempre podemos recurrir al secuestro.

—¿El secuestro? —preguntó Clark.

—Bueno, podemos fingir que sospechamos que el Capo puede haber secuestrado a toda esa gente y tenerla en algún lugar. Podemos incluso inventarnos cartas de rescate que habrían escrito los secuaces del Capo.

—*(FFF-EF-EF)* ¡*E…(FFF)…LLANTE!* —clamó el director, desde su pantalla.

—Eso ha estado bien, Linda —dijo Fred.

—No me gusta —rezongó Walken.

—A mí tampoco —dijo Arto, y alzó el pulgar en dirección a Walken—. Anota esto: Estamos de acuerdo por primera vez en mucho tiempo, camarada. Pero…

—Discutamos —dijo Roth.

—Oh, no, no. Yo tengo algo mejor. Escuchadme. —Arto se calzó el zapato y apoyó sus codos sobre la mesa. Apuró el cigarrillo y encendió otro—. ¿Qué hay de Londy Londy? Podríamos usarlo. Imaginaos —le dio una larga calada al segundo cigarrillo y recitó—: Londy Londy, el héroe maldito, ha vuelto para ajustar cuentas con sus lectores. Oh, sí, ¿no os parece estupendo? Apuesto a que todos los desaparecidos tenían libros de Rondy en su casa, ¿quién no tiene un libro de ese jodido Rondy en casa? ¡OH, DIOS! ¿No os parece estupendo?

—¿Por qué habría de ajustar cuentas con sus lectores? —preguntó Clark.

–Porque todos siguen lamentando la muerte de Rondy Rondy –respondió Arto.

–¡Es estupendo! –dijo Linda.

Arto le mandó un beso: «Gracias, pequeña», decía el beso.

–Me gusta –dijo Fred.

Walken no dijo nada.

–¿Qué opina usted, señor Caro?

–Me... (ffff-ef-ef-fff)...será...(ffff)...no...(ef-ef-ef).

–¿Qué ha dicho? –preguntó Arto.

–Opina que será complicado, pero que podemos hacerlo –dijo Fred.

–¿En serio has oído algo? –preguntó Roth.

–Por supuesto –dijo Fred, y sonrió–. Nos conocemos demasiado bien.

–Claro –dijo Linda.

Walken no dijo nada. Arto apuró su cigarrillo.

–¿Me pongo a trabajar, Fred? –preguntó, cuando lo hundió en el cenicero.

–Oh, sí. Llamaré a Poc. –Fred solía llamar al director Poc (uniendo la inicial de su apellido con las únicas letras que podía pronunciar de su estúpido nombre)–. Llamaré a Poc y nos pondremos en marcha.

Walken se levantó. Roth preguntó:

–¿Por qué vas a llamarlo? Está ahí.

–La conexión es terrible.

–¡Dijiste que lo entendías! –Roth podía ser tan impertinente como un crío de seis años–. ¿Cómo sabemos que le ha gustado la idea de Arto si no lo has entendido?

–Oh. Sí. Sí que lo he entendido, Clark, es sólo que prefiero llamarle.

–Larguémonos, pequeña –le dijo Arto a Linda.

Ella se puso en pie. Walken salió de la sala de reuniones. Arto se bebió el dandy de un trago. Luego se puso en pie y tomó a Linda del brazo. Dijo:

–Sólo tienes que darme luz verde, Fred, y me pondré en marcha.

–De acuerdo, Arto.

–¿Cómo vamos a encontrar a Londy Londy? –preguntó Clark.

–¿Quién ha dicho que tengamos que encontrarlo? –repuso Arto.

Fred descolgó el teléfono y marcó un número de nueve cifras.

–¿No vamos a encontrarlo? –insistió Clark.

–No, cariño. –Esa era Linda.

–Sólo tenemos que FINGIR que estamos a punto de dar con él –dijo Arto.

–¿Por qué ya nunca hacemos nada de verdad?

–¿Podéis salir, chicos? Estoy tratando de... ¿POC? ¿ME OYES, POC? ¿QUÉ? SÍ, ESTOY CON LOS CHICOS. OYE. ¿PROBAMOS CON LA IDEA DE ARTO? SÍ, ES ARRIESGADO, PERO ME PARECE UNA BUENA IDEA... ¿POC? TE PIERDO, POC, ¿ME OYES? ¿SÍ? DE ACUERDO. SÍ. TE LLAMARÉ LUEGO. SÍ.

Arto, Linda y Clark seguían de pie junto a la puerta cuando Fred colgó.

–¿Y? –preguntó Arto.

–Adelante –dijo Fred.

6

TUS BESOS SABEN A PÓLVORA CADUCADA

Un cuarto de hora había pasado Rita al otro lado de la cinta policial que rodeaba la nave cuando se dio cuenta de que había una mancha negra en uno de sus zapatos. Oh, no, se dijo, y se apartó del tumulto. Ni siquiera había conseguido llegar a primera fila, decenas de personas dormían cada noche junto a la nave porque querían ser las primeras en ver al Extraterrestre que, según decían, podía salir en cualquier momento. Trató de abrirse paso hasta el CC32. ¿De dónde sale tanta gente? ¿Es que han olvidado que las rebajas son permanentes desde hace seis meses? Rita no se había atrevido a preguntar por *Mil Seiscientos Tres* y ni siquiera había anotado en su libreta que la nave estaba rodeada de fanáticos religiosos, simpatizantes de marcianos e incluso ardientes seguidores de Rondy Rondy.

Cuando consiguió entrar en el CC32, buscó una cafetería. La encontró, esperó su turno y lo único que pudieron conseguirle fue una mesa compartida. Oh, no importa, dijo entonces. Rita estaba demasiado nerviosa. No podía dejar de mirarse la mancha del zapato. Rita tomaba pastillas Sé Perfecta, así que todo tenía que ser PERFECTO. Sobre todo, su aspecto. Así que siguió a la camarera, dando saltitos de impaciencia, y ocupó su lugar en la mesa compartida. Como siempre que hacía algo parecido, Rita no miró a su compañero de mesa, corrían demasiadas historias macabras sobre compañeros de mesa que habían acabado engatusando a chicas indefensas y después. Oh, sí, todo ese rollo de las noticias. Secuestros, violaciones, asesinatos. Así que Rita se sentó, sacó una servilleta del servilletero y se limpió la mancha de su zapato verde césped. Oh, no quiero estar aquí, se dijo. ¿Qué puedes hacer tú aquí, querida? Ni siquiera sé qué se supone que tengo que hacer con esa nave. No dejan de entrar y salir furgonetas. Juguetes y lápices de labios y cafés con leche Marisol. Seguro que están retirando sus productos. Oh, claro. Puedes anotar eso. ¿Lo anoto? Claro, ¿por qué no? Así que lo anotó: Salen furgonetas con marcas de productos (si mencionas las marcas mucho mejor, dinero, dinero, marcas, marcas), seguramente están retirando los productos que sobre... super... sobe... que no se quemaron.

—¿Café mentolado? —preguntó la camarera.

—Sí —dijo Rita, incorporándose.

La camarera dejó la taza sobre la mesa y se fue.

—Perdone —dijo alguien.

Rita levantó la vista de la cucharilla y se topó con el tipo más guapo que había visto en su vida, que resultó ser su Compañero de Mesa. Dijo:

—Oh.

Y se tapó la boca. Pestañeó. Una. Dos. Tres veces. El tipo seguía ahí.

—¿Se encuentra bien? —preguntó él.

—Oh, sí. Sí, sí —dijo ella.

—La he visto ahí fuera.

Algo latía cada vez más aprisa bajo las braguitas verde césped de Rita.

—Mántel —dijo Rita.

—¿Perdone?

—Señorita Mántel —dijo, y dejó caer el índice de su mano derecha sobre el labio inferior.

El efecto fue inmediato. El tipo se ruborizó.

—Y usted es…

—Brandy. Brandy Newman.

—Oh. —Tres, dos, uno, brrrum, brrrum, brrrroum, BROOOOOUM.

—La he visto ahí fuera.

—Oh, sí. —No hables con él, Rita, ya sabes lo que dicen, ¿Quién lo dice?, Lo dice todo el mundo, no hables con él, Oh, vamos, es un buen chico, mírale, si hasta tiene un, ¿Quién te crees que le ha hecho eso?, ¿El qué?, Esa cicatriz, Oh, ¿quieres callarte, voz estúpida?, Tú misma, Yo misma, sí.

—Estaba usted junto a la nave.

—Oh, sí. Soy periodista —dijo Rita.

—¿Periodista?

—¿Conoce la revista *Malas Lenguas?*

—Sí —dijo Brandy, y no mentía.

—Pues. Oh. Verá. Es una larga historia. ¿Sabe lo de esa serie de televisión?

—¿Le pongo algo? —interrumpió la camarera.

—¿No ve que estamos hablando? —sugirió Rita.

La camarera se fue por donde había venido.

—Oh, lo siento, señor Newman, soy demasiado. Quizá quería pedir usted algo. Y yo. Oh, yo. Perdóneme.

—No se preocupe.

—No, en serio, ¿qué quiere? Puedo pedírselo.

—No se moleste. En realidad no me apetece nada.

—Lo siento.

—Estaba hablando usted de una serie.

—Oh, sí. —Deja de hablar con él, Rita, intenta sonsacarte algo, ¿Qué demonios va a querer sonsacarme?, Pregunta demasiado, Oh, sí, y es demasiado guapo, Deja de hablar con él, Rita, ¿Quieres hacer el favor de callarte, *por favor?*

—¿Sabe de qué va esa serie? —preguntó Brandy, que apenas había anotado un par de cosas más que Rita en su libreta.

Brandy también estaba nervioso. La maldita cena le había puesto nervioso. No quiero cenar con ese hombre, se decía, y, puesto que la única respuesta posible era, Tienes que hacerlo, estúpido, no podía concentrarse, a ratos ni siquiera sabía quién era. ¿Quién soy?, se preguntaba entonces.

—¿De qué va? Oh, no, creo que ni siquiera se ha rodado.

—No, me refiero a… Qué. Bueno. Qué es.

—Oh. Pues, una serie. Dicen que toda esa gente está rodando una serie en algún lugar. Pero no sé en qué lugar y tampoco sé quién es esa gente. Pero Amanda quiere que escriba un reportaje. OH. Debo de estar aburriéndole. —Rita se rio.

—No, no. Me interesa —dijo él, y sonrió.

Tenía los dientes más blancos y mejor dispuestos que Rita Mántel había visto en su vida. Y Rita había visto muchos dientes. Y muchos dientes perfectos. Pero ningunos como aquellos.

—¿De veras le interesa?

Brrrum, brrrrum, BRRROOOUM.

—Oh, sí. Estoy un poco interesado.

—¿De veras? Yo no lo estaría.

—¿No?

—Una tiene demasiadas cosas de que preocuparse, ¿no cree?

—Oh, sí. Cierto.

Rita bebió un sorbo de su café mentolado. Estaba frío.

—De todas formas. Si se entera de algo. Quizá. Quizá podría usted llamarme.

Rita escupió. La cara de Brandy se arrugó y después Rita cerró los ojos. Dios mío, ¿qué has hecho, estúpida? No me digas que acabas de escupirle, no me lo digas, NO ME LO DIGAS. Rita se tapó la boca y no abrió los ojos hasta que oyó.

—¿Señorita?

Y ahí estaba. El tipo más guapo que había visto en su vida. Se estaba limpiando la cara con una de aquellas servilletas.

—¿Sí?

—Lo siento, supongo que cree que… Pero no piense. Oh, no piense que yo. Oh, no me llame si no quiere. Supongo que anda usted demasiado ocupada.

—Oh, nonono. Perdóneme USTED a MÍ. Yo soy la estúpida. Mire cómo acabo de ponerle. Déjeme. Traiga eso. Rita se puso a limpiarle la cara (OH, DIOS, ARDE).

—No se preocupe.

—Le llamaré. Claro que le llamaré.

—¿Qué estás diciendo, estúpida? ¿Todavía no sabes lo que quiere? ¿No lo sabes? Es tu Compañero de Mesa, por Dios, Rita, deberías saber lo que va a hacerte. ¿No me has oído, tú, voz estúpida? Cá-lla-te.

El tipo alzó las cejas y sonrió. Rita había dicho todo eso en voz alta.

—Lo siento —dijo, avergonzada.

Y luego:

—¡OH! ¡ESTÁ SANGRANDO!

La cicatriz de la ceja izquierda de Brandy había dejado de ser una cicatriz. El efecto de la pastilla Noherida era historia.

—No es nada. No se preocupe —dijo Brandy.

Cogió una servilleta y se la restregó contra la frente. Ya no había sangre. Pero tres segundos después sí la había. Brandy cogió otra servilleta y luego otra. Su mano estuvo subiendo y bajando a por más hasta que la herida volvió a cerrarse. Rita estaba a dos centímetros de su boca cuando terminó.

—Debería ir a un médico —dijo, mirándole el ojo de la ceja moribunda.

—Oh, no se preocupe.

—Deberían vérsela. Quizá necesite un par de puntos.

—No importa. En serio.

Brandy miró la servilleta que ella sostenía junto a sus labios y Rita le besó. Fue uno de esos besos-disparo. Sabía a pólvora caducada.

—Oh.

—Perdone. —¿QUÉ CREES QUE ESTÁS HACIENDO?

—No. No importa. —Dios mío, ME HA BESADO.

—Oh. No sé qué me ha pasado.

—Yo. Tengo que, eh, tengo que irme. Sí. Si se entera de algo. Si se entera de algo. A lo mejor nos vemos otro día. Estaré por aquí.

—Sí.

—Si no me encuentra puede llamarme —dijo, poniéndose en pie.

Rita asintió.

—También puede llamarme usted a mí. Le daré una tarjeta.

Rita se había hecho imprimir cientos de tarjetas perfumadas, pero nunca las había sacado del bolso. Nunca salía de la redacción, así que ¿a quién iba a darle una? Bueno, le dio una a Bobo, pero Bobo no contaba. Bobo ni siquiera hablaba. Así que ahí estaban esas tarjetas. Y el maldito tarjetero rosa estaba oxidado. Rita tardó más de diez segundos en abrirlo. ¡Ábrete de una vez, estúpido chisme del demonio! Ya… Ya está.

—Aquí tiene —dijo ella, poniéndose en pie y tendiéndole la tarjeta.

—Gracias —dijo él.

—Ha sido. Oh. Lo siento.

—Sí. Yo. Bueno. Tengo que irme —dijo él.

—Le llamaré —dijo Rita y alargó su mano derecha para estrechar aquella garra de *ardienteamante*. Oh, sí, SU MANO, su mano ardía, oh, ¿quieres llevarme contigo?

—Sí —dijo él, se dio media vuelta (tengo que salir de aquí, ¿qué hago aquí?) y se alejó.

Seis pasos después abrió la puerta y salió (y Rita sonrió porque acababa de, oh, sí, de besarle, aunque ni siquiera sabía quién era, Es tu Compañero de Mesa, ¿recuerdas? Cállate, envidiosa voz estúpida). Brandy salió y se perdió entre la gente, que corría de un lado a otro, sin pensar, bajo la sombra de aquella chincheta amarilla y absurda.

7

¿QUIERE PONERME UN TRAGO, JUP?

Aquella mañana, en el Rancho Arden, residencia por derecho del alcalde de Welcome, parecía estar a punto de resquebrajarse el cartón piedra con que Claudio, el alcalde, había construido sus infantiles ilusiones. A saber, la señorita Velasco, su querida Anita, estaba a punto de dar un paso más hacia el más absurdo de los absurdos. Claudio Arden, el tipo de la nariz pequeña, los labios anchos y las cejas inexistentes, el atlético y excéntrico Claudio Arden, alcalde de Welcome y propietario de un cuerpo en perpetuo encogimiento (no importaba las veces que se retocasen sus trajes blancos, pues siempre le sobrarían un par de dedos por manga), no daba crédito a las declaraciones de Anita. Arden creía que todo era una gran mentira y para confirmar sus sospechas había puesto en marcha un nuevo departamento, que no había tardado en darle la razón.

—En efecto, señor alcalde, como usted bien sospecha, todo apunta a que se trata únicamente de una campaña de Cambio de Imagen.

—Oh, sí. Gracias. Gracias.

—Claudio Arden hizo una reverencia, como si estuviera recibiendo aplausos. Claudio parecía estar siempre al borde de un ataque de nervios. Más bien, parecía no pensar nunca en lo que decía ni en lo que hacía, como dicen que es propio de los niños. Sí, podría decirse que Claudio Arden era un niño atrapado en el cuerpo de un tipo en perpetuo encogimiento. Sí, podría decirse que era algo así.

Quizá por eso, aquella mañana, al enterarse de que Anita estaba dispuesta a dar un segundo paso (la convocatoria decía: «Marisa Álvarez, compañera de Anita Velasco desde hace seis meses, ofrecerá una rueda de prensa en el Welcome Rich, exactamente a las doce horas, seis minutos»), había contratado a otros tres investigadores para su nuevo departamento (llamado ANES: Anita No Es Lesbiana) con la intención de que pusieran fin a aquella estupidez.

—Pero, como usted sabe, en esta ciudad la libertad de expresión lo es todo, señor Arden —había dicho uno de aquellos nuevos investigadores.

—¿Y? —Claudio no solía entender las frases largas.

—No podemos hacerlo.

—¿No? ¿Y entonces para qué os estoy pagando?

—Oh. Bueno. Podemos investigar pero no podemos detener a nadie.

—¿No?

—No.

—¿Y quién puede detenerla?

—¿Detenerla en sentido estricto?

—¿En sentido qué?

—Si lo que quiere usted es que la detengan quizá debería hablar con el Inspector.

INSPECTOR. La palabra se quedó un rato a solas en el cerebro de Claudio, que dijo: Sí, Inspector. Y descolgó el teléfono más cercano para pedirle a uno de sus quince conductores de limusina que cogiera la más rápida y le esperara en la puerta.

Así lo hizo y, un cuarto de hora después, Claudio Arden entraba en el despacho del Inspector Júpiter Ron, con sus zapatos blancos, sus pantalones blancos, su camisa y su americana blancas, impecables.

—Buenos días, Jup —dijo el alcalde.

—Buenos días, señor alcalde.

Claudio Arden vestía de blanco porque decía que el alcalde de una ciudad como Welcome tenía que ser honesto y Claudio creía que el blanco era honesto. Así que vestía de blanco y luego jugaba a la Bolsa con barrios periféricos. Compro este y vendo el otro y ahora la Inmobiliaria Imperio quiere construir un parque de atracciones justo detrás de la Catedral (quiere que la Catedral haga de entrada) y yo no soy quién para impedírselo. ¿Quién soy yo? Yo quiero lo mejor para los habitantes de Welcome y todos ustedes saben qué es lo mejor y lo mejor es lo que voy a darles. Y ya saben lo que la Inmobiliaria Imperio va a darnos. Demasiado Dinero. Sí. Dinero para todos. Dinero para construir una nueva playa en el centro de la ciudad. Puede que incluso en el hueco que ha hecho esa maldita nave (oh, sí, es una idea estupenda).

—Construir Comodidad. Eso es lo que hacemos —solía decir Claudio Arden.

A lo que nadie replicaba. ¿Quién puede replicar al Gran Alcalde?

—Sólo el Capo.

Sí, el Capo de Turno. El Capo de Turno era el responsable de aquella maldita masacre. ¿De dónde habría sacado la chincheta amarilla?

—El detective ha llegado, señor alcalde —le dijo el Inspector Jefe.

—El detective, sí. Pero yo no estoy aquí por eso, Jup. ¿Le he dicho ya que podrían adelantarse las elecciones? Si la gente se entera de todo esto, ya sabe, la nave, podrían adelantarse las elecciones y entonces ese Capo... Oh, ese Capo. Usted lo sabe, Jup. Ese Capo es el responsable de todo esto. Y a lo mejor es. Oh. Podríamos. No sé. A lo mejor. ¿Puede ponerme un trago, Jup?

Claudio se había sentado en la crujiente silla de detenidos o amigos o amantes que había ocupado Brandy Newman hacía un rato, ¿y había olvidado a Anita? Pues sí. Porque al entrar en el despacho de Jup había visto, oh, sí, en el mapa de Welcome, la chincheta amarilla, la chincheta amarilla que hacía de maldita nave espacial sobre el mapa de su querida Welcome y había olvidado la verdadera razón de su visita. Sólo podía pensar en elecciones y en playas y en Capos, en Capos que se turnan y nunca mueren. Y luego estaba el detective. Claudio Arden no confiaba en el detective. El detective sólo era un tipo cualquiera, socarrón y triste y puede que hasta poco fiable (el alcalde había leído demasiado a Rondy Rondy, el famoso escritor de novela negra que acabó asesinado por un detective, su protagonista, tan real como la vida misma), así que ¿por qué confiar en él?

Es muy guapo, había dicho el Inspector Jefe.

—No empiece con eso, Jup. ¿Sabe que podrían adelantarse las elecciones? ¿Y qué haríamos entonces con esa playa?

—Señor alcalde, no se preocupe, el detective es un buen chico. Se enterará de lo que haga falta. Descubriremos de quién es esa nave. ¿Ha pensado usted que podría tratarse de una VERDADERA nave espacial?

—Oh, no empiece con eso, ¿quiere, Jup? Las naves espaciales no existen. Sólo existen las elecciones y, ¿sabe que las elecciones pueden adelantarse? Oh, Dios mío, ¿y sí se adelantan?

—¿Quiere CALLARSE de una vez?

—¿Yo?

—Usted. Sí. Estamos haciendo nuestro trabajo y lo estamos haciendo bien, y ese chico va a descubrir de dónde ha salido la nave y cuando lo descubra a lo mejor se adelantan las elecciones. Pero si esa nave viene, realmente, de otro planeta, será usted quien gane las elecciones. Así que cállese de una vez.

—¿Yo? Repita eso. ¿Dice que yo ganaré? Pero ¿y si se adelantan las elecciones?

—Si se adelantan las elecciones también ganará usted. Puede que el Capo de Turno ni siquiera exista, ¿lo ha visto alguna vez?

—No.

—Pues yo diría que ni siquiera existe.

—¿No?

—¿Sabe usted que una comunidad tiene que crear un enemigo para serlo?

—Para ser qué.

—Comunidad.

—No le entiendo.

—¿Necesita James Bond al Doctor No?

—¿Quién es James Bondo?

—Bond.

—Oh, no sé de qué me está hablando, Jup, ¿quiere ponerme un trago?

El viejo Júpiter abrió el segundo cajón de su escritorio y sacó dos diminutos vasos y la botella de brandy Newman. Sirvió un par de copas y luego un par más y otro par. El alcalde estaba demasiado nervioso.

—Debería tranquilizarse, señor alcalde.

—Jup. Las elecciones. Me preocupan las elecciones. Necesito todo ese dinero. Ya sabe usted. Oh. Usted lo sabe mejor que nadie.

—Sí.

—Sírvame otra.

Se la sirvió. Se la bebió. Le sirvió otra. Y entonces recordó: ANITA.

—Anita —dijo—. Oh, claro. En realidad, yo. ¿Qué hora es?

—Las doce y seis —dijo Jup.

—¡OH, NO!

El alcalde se levantó de la silla como sí alguien hubiera pulsado un resorte. Fue hasta la puerta, la abrió, y salió. El Inspector se bebió su copa y esperó. El alcalde regresó antes de que pudiera servirse otra.

—No importa. Tengo que. OH, ES HORRIBLE. Pero yo sé que no es verdad. Lo sé. Y usted también lo sabe, Jup. Estoy seguro de que lo sabe. Todo el mundo lo sabe. Anita es. Oh, no. Anita no puede ser. No.

–Estoy seguro de que no lo es, señor alcalde.

–Oh, bien. Yo también lo estoy. Pero necesito. Quería que la detuviera. Porque a las doce y seis una chica. Oh, no sé quién es. Una chica.

–Tranquilícese.

–Sí. Estoy tranquilo. Tengo un departamento de investigación, ¿sabe? Y, bueno, se enteraron de que había una rueda de prensa, hoy, a las doce y seis minutos. Rueda de prensa de una chica que dice ser la chica de Anita.

–¿En serio?

El Inspector arqueó una ceja. Había pensado cientos de veces en convocar una rueda de prensa similar para declararse abiertamente homosexual y tal vez empezar a recibir millones de cartas de amor de jovencitos risueños.

–Sí. Por eso. Por eso necesito verla. Y ya sé qué vamos a hacer. Voy a organizar una fiesta. Voy a inventarme un premio. Será un premio. No sé. De cualquier cosa. Tal vez un premio al Mejor Amigo de Welcome. Sí, eso haré.

–Ya tiene usted unos premios así. Una vez le dio uno a aquel escritor de las gafas gigantes, ¿se acuerda? Vino aquí con su hijo adoptivo, que ahora es su marido.

–Oh, no sé de qué me está hablando, Jup, pero no importa. Crearé otro premio. Premio a un Nuevo Amigo de la ciudad. O al habitante número dos millones y medio. ¿Qué le parece?

El Inspector se sirvió otra copa. Se la bebió de un trago. Estaba pensando en su detective. Su detective Brandy Newman. El tipo duro.

–Oh, sí. Me gusta. Y sé a quién podría dárselo.

–¿A quién? –dijo, emocionado, el alcalde.

–Al detective. ¿Sabe cómo se llama?

–No.

–Como el brandy. Se llama Brandy Newman.

–Oh, Brandy. Sí –dijo, pero estaba en otra parte, con Anita Velasco–. Invitaré a Anita. Tengo que verla. Tengo que entregar ese premio. Sí. Hoy. ¿Qué día es hoy, Jup?

—Viernes.

—El viernes es un buen día pero el sábado es mejor. El sábado. Sí. Mañana. Voy a llamar a mi gabinete de prensa. El Capo estará ahí. En la fiesta. Voy a invitarle. Así el detective podrá preguntarle. Oh, no sé. Supongo que no importa. Pero ahora tengo que irme. Ha hecho usted un buen trabajo, Jup. Un buen trabajo. Le veré mañana. Traiga a sus hombres. A todos. Nos veremos en el Palacio Claudio. A las nueve. Sí. Le llamaré si hay cambios. Ahora tengo que llamar a... Bueno. Le veré mañana, Jup.

—Y yo a usted, señor.

Jup estaba convencido de que el alcalde tomaba pastillas para las grandes ideas, pero no eran compatibles con su desesperada visión del mundo. Tampoco lo eran con la suya. Aquellas píldoras azules podían acabar contigo. Corrían rumores de que las había inventado el omnipresente Capo de Turno.

8

ANITA NO QUIERE SER UN PLANETA

Desde el despacho de Jup, Claudio Arden dio la orden de imprimir las invitaciones y, diez minutos antes de que finalizara la rueda de prensa de Marisa Álvarez, todas habían sido debidamente entregadas y, la mayoría, incluso leídas por sus destinatarios. La de Anita Velasco había sido enviada al pequeño piso que Damien García, su mejor amigo, había alquilado a tres calles del teatro en el que noche sí y noche no, actuaba Anita.

Damien, que creía haber olvidado recoger el correo, había bajado casualmente a echar un vistazo a su buzón tres minutos después de que uno de los emisarios especiales de Claudio Arden dejara la invitación. El departamento de investigación ANES había averiguado, tras un par de llamadas, que Anita se encontraría en el piso del chico en el momento en que la invitación debía llegar a su casa y había ordenado que la entrega se hiciera allí. Por eso, cuando Anita cogió el teléfono para tratar de localizar a su amiga Marisa e impedir que dijera lo que supuestamente estaba a punto de decir, la invitación ya descansaba sobre el televisor del modesto salón de Damien.

—¿A quién llamas?

—A Marisa.

Anita estaba arrancándose el pellejo que rodeaba su pulgar izquierdo con el dedo índice. Vandie había dicho que sería lo mejor para ella. Pero no lo era. Por eso Anita no podía dejar en paz su pulgar (¿de dónde sale toda esa SANGRE?) ni colgar el teléfono. Marcaba. Esperaba. Uno, dos, tres, seis tonos. Nada. Cógelo, cógelo, oh, Dios, cógelo. Uno, dos, seis tonos. ¿Dónde demonios se habrá metido?

—¡OH, MIERDA! —gritó, y lanzó el teléfono contra la pared más cercana.

—¿Qué pasa?

—Marisa no coge el JODIDO teléfono.

—¿No?

—Oh, Dios, Vandie no tiene ni idea.

—¿No?

—Oh, cállate, ¿quieres?

—Sí.

El de los monosílabos era Damien. Damien no quería cambiarla. Pero Vandie sí. Vandie sólo sabía leer y escribir una palabra y esa palabra era MITO.

—Va a ser la MÁS grande, Anita —decía.

—Ya lo soy, Vandie.

—No, no lo eres, pero, ¿ves esta bola? —Se refería a la gigantesca bola del mundo que se había hecho instalar en su despacho—. ¿La ves?

—Claro que la veo, Vandie.

—Pues algún día será tuya.

—Oh, sí, ¿voy a heredarla?

—EXACTAMENTE, querida. Vas a heredarla. Entera. Algún día se hablará de Mercurio, Venus y ANITA.

Vandie era así. Vandie quería la Luna. Por eso quería que Anita fuese la Tierra. Un agente siempre se queda el diez, el viente, o hasta el cuarenta y cincuenta por ciento de lo que el artista consigue. Y Vandie era la mejor agente del mundo. O eso decía ella. Y por eso su plan era perfecto. Así que ahora serás lesbiana.

—No quiero ser lesbiana, Vandie.

—Tienes que serlo.

−¿Y qué hay de mi reputación?

−Tu reputación es la Historia del Mundo.

−¿Cuánto hace que no te medicas, Vandie?

−Vandie nunca se ha medicado. −Vandie solía hablar en tercera persona de sí misma porque tomaba pastillas Súper Ego.

−Damien, dile a Marisa que no salga de casa. O llama a todas partes y di que se cancela la rueda de prensa. Diles que no soy lesbiana. −Anita daba vueltas a un círculo imaginario y repetía−: Diles que no, diles que no, diles que no.

−Vandie se enfadará −dijo Damien.

−Voy a despedir a Vandie, Dam. −Anita se detuvo y se chupó el pulgar.

Damien se atragantó con un: ¿CÓMO?

−Estoy harta, Dam. Harta. Quiero ser una chica. Porque SÓLO soy una chica. No quiero ser un planeta. Es estúpido.

−Pero Vandie se enfadará.

−Oh, a la mierda Vandie. Odio a Vandie.

−No puedes.

−Sí puedo, Dam.

−Pero siempre dice que no serías nadie sin ella.

−Oh, no, Damien, ELLA no sería NADIE sin MÍ.

−¿Vas a llamarla y decirle que no vuelva?

−Más o menos.

−Se enfadará.

−Pásame el teléfono.

−¿Y si se enfada?

−Pásame ese teléfono, Dam −pidió Anita.

−Claro.

Damien no sabía decir que no. Recogió el teléfono del suelo y se lo dio. Anita marcó un número. Una, dos, tres, siete cifras. Esperó y, al poco, dijo:

−Vandie. ¿Sí? ¿QUÉ? OH, NO, no. No puede ser −y dirigiéndose a Damien−: Enciende la tele −volviendo al teléfono−: ¿Vandie? Quiero que hablemos. Tenemos que vernos. Sí. Ya.

No. ¿Cenar? Oh, sí. ¿Qué tal en el Calvados? A las diez y media, sí, perfecto. Nos vemos luego. No, no pienso contestar llamadas. Ni una sola. Vale. Ajá. Hasta luego. Sí. Adiós.

–Es Marisa –dijo Damien, en cuanto Anita colgó.

Anita tenía un nudo en el estómago. Marisa estaba en todas las cadenas. Marisa decía que llevaba seis meses saliendo con Anita y que Anita era increíble en la cama. INCREÍBLE, sí. Y todos sonreían.

–Dios mío. Esto es una pesadilla –susurró.

–Están todos.

–¿QUIERES CALLARTE?

Damien se calló.

Estaban todos, sí. Dime si no es la rueda de prensa más multitudinaria que has visto en tu vida. Olvida aquella del futbolista que reveló ser mujer, tengo algo mucho mejor. Anita sintió náuseas. Vomitó. En el suelo. Allí mismo. Imaginándose a los jefes de redacción de un lado a otro, dando saltos, cambiando mayúsculas en sus titulares, pensando en follarse a una lesbiana, a una YO lesbiana, y luego llamando a casa para decir a sus chicas o a sus chicos que llegarían tarde esa noche porque tenían algo que celebrar.

–Yo lo limpiaré –había dicho Damien–. No te preocupes.

Damien. Oh, Dam. ¿Qué te parece si nos largamos de aquí? Nos encontrarían, Anita. No, fingiríamos mi muerte. Vamos a fingirla, Dami. Si la fingiéramos nadie nos buscaría. Nadie. Ni siquiera Vandie. ¿Qué te parece, Dam? ¿Nos largamos de aquí?

–Gracias.

Anita se limpió la boca con el dorso de la mano y se fijó en el sobre blanco que había sobre el televisor. Lo manchó al tratar de abrirlo. Sacó una tarjeta y la leyó:

Señorita Velasco,

Nos complace invitarla a la fiesta que el señor alcalde, Claudio Arden, dará este sábado en honor a los chicos de Bang Bang, la agencia de publicidad responsable del espectacular aterrizaje de la nave espacial. Los protagonistas detallarán su puesta en escena y la posterior evacuación de las mil seiscientas tres personas que volverán a Welcome como estrellas televisivas.

Sin más, la esperamos el sábado en el Palacio Claudio.

Estupendo, pensó Anita, y tiró la tarjeta a la papelera.

—¿Qué era? —preguntó Damien.

Damien estaba a sus pies, tratando de limpiar el vómito. Anita dijo: Una fiesta.

—¿De quién?

—Del alcalde.

—¿Otra fiesta?

—El alcalde quiere follarme. Te lo he dicho cientos de veces, Dam.

Y era cierto, pero eso no impidió que a Damien le diera un vuelco el corazón. Para Damien siempre era la primera vez que oía o hacía algo. No es que Damien fuera estúpido, es que, simplemente, su memoria era un zapato escondido en algún cajón de su cerebro durmiente.

—Todo el mundo lo sabe.

—Oh.

Anita le echó un vistazo al pedazo de invitación que coronaba la papelera. *Bang Bang*, pensó. Aquella jodida nave. *Haz conmigo lo que quieras* también había sido banda sonora de la colisión de aquella maldita nave. Esa maldita canción está por todas partes. YO estoy por todas partes, pensó. Y se dio un puñetazo en la mejilla izquierda.

9

EL MISTERIOSO LONDY LONDY

Sarah repasaba mentalmente los títulos de los libros de Rondy Rondy *(El zapato de un tipo llamado Lunes; Tres perros tristes; Un detective sin sombrero de fieltro; Liquida la cuenta, que nos vamos al zoo)* mientras Ron conducía. El viejo coche de su padre hacía ruido. Tenía las ruedas demasiado grandes y por eso hacía ruido. Las ruedas eran de color azul pero a su padre no le gustaba el azul. El azul le gustaba a Rondy Rondy. Y su padre había sido el mayor experto del mundo en Rondy Rondy.

—¿Sabes qué dicen?

No, pensó Sarah, pero qué más da.

—Oh, claro. Las vendas.

Sí, las vendas. Demasiadas vendas. Por todas partes vendas.

—Bueno. Pues dicen —empezó a decir Ron, pero se paró a encender un cigarrillo: el semáforo estaba en rojo, así que encendió el cigarrillo y luego añadió—: Dicen que Londy Londy ha vuelto a la ciudad.

Londy Londy, también conocido como Lon, era el detective de Rondy Rondy. El detective que había matado a Rondy Rondy, pero también el que supuestamente lo había creado. Nunca se supo qué fue antes: ¿fue antes el tipo o el personaje? ¿Existía Londy Londy? ¿Basó Rondy Rondy sus novelas en la verdadera historia de Londy Londy? ¿O salió literalmente Londy Londy de uno de sus libros para matarlo?

Bienvenidos a otro de los grandes Misterios Sin Resolver de Welcome.

Había quienes decían que Lon era un tipo cualquiera, uno de esos fanáticos que leen demasiado y acaban vendiendo su cerebro al laboratorio que más ofrezca por él. Y había quien afirmaba que en realidad Lon era el propio Ron, es decir, que Ron siempre había sido Lon y el tipo que estaba enterrado en el cementerio de Welcome no era más que una invención del personaje en cuestión (¿pero puede crear un personaje al escritor que supuestamente ha de crearlo?). Y luego estaban los que creían que Lon era el detective y Ron, el escritor, y que el primero había matado al segundo por derechos de imagen, o por pura estrategia de márketing. Y finalmente estaban Los Visionarios (ese era el nombre del club de fans de Rondy Rondy, extraído de la novela *El club de los Visionarios cree que Londy es Dios*) que, seguros de que Londy no era más que un personaje, defendían la delirante teoría de que Ron le había dado la vida REAL en un ataque de generosidad (porque Ron, como escritor, era un Ser Divino, para ellos) y que Lon, disgustado, lo habría matado para tratar de volver a sus libros, pero que, al hacerlo, había quedado atrapado en este mundo y vivía escondido en algún lugar del país y ese lugar bien podría ser Welcome.

—¿Puedes creértelo? A mi viejo le hubiera gustado. En la ciudad —repitió Ron.

Sí, tu viejo hubiese escrito un libro sólo con ese rumor, pensó Sarah.

—¿Y sabes qué? Le he escrito una canción.

Oh, Ron, ¿cuándo vas a dejar de escribir canciones para ese tipo? «Londy está vivo», «El otro día vi a Londy en mi cocina», «Sírvele otra a Lon», «Mi viejo amigo Lon», «el pirata privado» y «Londy no lo sabe pero Rondy sigue vivo». ¿Cuántas podía recordar? Quizá una veintena. Así que ¿cuándo vas a dejarlo, Ron?

—Se titula: «Londy en la ciudad».

Oh, claro, Ron, será tu próximo número uno.

—Todavía no se la he enseñado a nadie. Goldie me dijo el otro día que ya no quiere oírme hablar más de Londy. ¿Crees que me hago pesado, Sarah?

Oh, no, claro que no, Ron.

—Su no lo cree.

¿Ah, sí?

—Su cree que deberíamos llamarnos Maldito Lon.

¿Y por qué no: Londy, el Detective Maldito?

—Su. Oh, bueno. Qué más da. —Ron se encogió de hombros, dio una última calada a su cigarrillo y lo estrelló contra el cenicero del coche. Luego añadió—: Es ahí.

¿Ahí? Ahí hay demasiada gente, Ron. No me gusta la gente, Ron. Oh, no, no me hagas esto, Ron. ¿Me has visto? Huelo a azufre, Ron. Oh, Dios, deberías alejarte. Soy el jodido demonio, Ron, así que, ¿qué se supone que estás haciendo conmigo?

—Goldie. Oh, ya conoces a Goldie. Está completamente loca por Anita. ¿Te he contado ya que Goldie antes era un tío?

Unos cientos de veces. Pero no importa, Ron. Aparca y enciérrame. En serio, no importa. Sólo enciérrame. Voy a matar a alguien si no lo haces. ¿Me estás oliendo? Soy azufre. Azufre puro. Satanás, Ron.

Dieron al menos seis vueltas arriba y abajo, arriba y abajo, por Peggy Hills, el lujoso barrio periférico que el alcalde había construido en honor a su querida Anita. Un barrio con una sala de conciertos en cada esquina y diez perlas por centímetro cuadrado. Corbatas y sonrisas de oro. Toda ciudad que se precie tiene el Peggy Hills que merece. Y Welcome se quedó con el original.

—¿Qué te parece? Ni un jodido hueco.

Larguémonos.

—Oh, demonios, mira eso.

Un Porsche Velasco acababa de abandonar su lugar en la interminable hilera de cuatro ruedas de lujo. Y el cacharro de Ron no tardó en colocarse en el hueco que había dejado. Así que:

—Eh, a eso le llamo yo buena suerte —dijo Ron.

A cualquier cosa le llamas tú buena suerte, pensó Sarah.

Y luego Ron apagó el motor, salió del coche y abrió la portezuela del copiloto. Oh, la silla, se dijo. Y abrió el maletero. Montó la silla de ruedas y se acercó de nuevo a Sarah. Trató de sacarla del coche. Fue entonces cuando Sarah dijo:

—*Mmmmmmm.*

Gritó:

—*¡MMMMMMMMMMMMMMMM!*

—¿QUÉ DEMONIOS TE PASA?

—*¡MMMMMMMMMMMMMMM!*

—¿QUIERES DEJAR QUE TE SAQUE?

No, no, quiero que te largues, quiero que me dejes, lárgate, enciérrame y lárgate. Oh, no, tú no me viste arder, tampoco viste arder a aquel tipo que buscaba su bufanda. No hacía más que decir:

—¿Es esa mi bufanda?

Se le estaban derritiendo los zapatos, los zapatos y los pies, y él sólo decía:

—¿Es esa mi bufanda?

Oh, no, tú no me viste arder ni viste arder a ese tipo, así que DÉJA*MMMM*E.

—Vale, vale. Lo capto. No quieres —dijo, al fin, Ron, alzando las manos, como si la razón acabara de apuntarle con un revólver invisible (¡Arriba las manos!).

—*Mmm.*

—¿Quieres volver a casa?

No, pensó Sarah, quiero arder en el infierno de los Londy, pero qué más da.

—Oh, claro, las vendas.

Las vendas, sí. Las vendas están por todas partes.

—Veamos. Lo haremos así. Levanta el brazo izquierdo cuando quieras decir NO y el derecho cuando quieras decir sí, ¿vale?

Sarah levantó el brazo derecho.

—Estupendo. Escúchame ahora entonces. Bajaremos a saludar a Goldie. Sólo será un momento. Tiene que darme una cosa. Sólo será un momento. ¿Qué me dices?

Brazo izquierdo.

—¡Eh! ¿Qué ha sido eso? ¡Sólo te pido un minuto!

Brazo izquierdo.

—¿Por qué? No te entiendo.

¿Acaso puede alguien entender a un montón de vendas, estúpido?

—Está bien. —Ron sacó el paquete de cigarrillos y encendió uno—. Vamos a hacer una cosa. Te quedarás en el coche (*brazo derecho*), ah, así que era eso (*derecho*), oh, sí, nada, entonces ahí te quedas, pequeña.

Ron cerró la puerta y extendió la mano izquierda (sus ojos decían: Tú sólo dame un segundo, lo arreglaré en un segundo, pequeña). Sarah levantó el brazo derecho. Ron sonrió, se dio media vuelta y echó a correr. Sólo sonrió y echó a correr, como un buen chico. Y tú, maldito montón de azufre, ¿qué estarías haciendo ahora si él fuera el amasijo de vendas? ¿Correrías en brazos del estúpido con el que acabaste volando por los aires? Lo harías, por supuesto, porque Ron es un buen tipo pero Sarah Du siempre ha pensado más de la cuenta en sí misma, hasta que, de tanto pensar, explotó.

10

PELIGROPELIGROPELIGRO

Bobo Sedán tenía un consultorio sentimental en la página sesenta y dos de la revista (la penúltima) y un relato espiritista en la treinta y seis. Bobo Sedán también tenía un perro y un par de peces sin nombre. Bobo nunca había sabido cómo llamarles, por eso no tenían nombre. Además, era su madre quien los cuidaba. Les daba de comer y les daba de cenar, porque Rita Sedán (oh, sí, RITA) tomaba pastillas para el No Aburrimiento y las pastillas Noteaburras provocan una pérdida de significados y significantes capaz de hacerte creer que tu perro quiere cenar guisantes. Por eso, cuando Bobo llegaba a casa, solía discutir con su madre sobre la imposibilidad de sentar a un perro a la mesa.

—¿Y cómo quieres que cene si no se sienta? —decía ella.

—Mamá, los perros no cenan.

—Pero ¿qué dices, Bobo?

—Lo que oyes, mamá.

—¡Qué sabrás tú! —rezongaba ella.

Y la discusión seguía hasta que el perro se escurría entre las escuálidas pezuñas de la madre, que solía concluir su intervención gritando:

—¡DESAGRADECIDO!

Entonces Bobo se sentaba a la mesa y engullía sus guisantes sin levantar la vista. A menudo pensaba en Ginger Ale.

Trataba de imaginar que no cenaba con su madre sino con ella y que le decía:

—Pásame la mostaza.

Y ella sonreía y decía:

—Sí, querido, te amo.

Ooooh, sí, y yo a ti.

—¿Qué haremos luego, querido?

—Follar, cariño.

Ooooh, sí. Sonríe, pequeña.

—Voy un momento al baño —dijo Lu.

¿Lu? Bobo estaba escribiendo. Había olvidado dónde y para qué. Miró alrededor y asintió. Para cuando lo hizo, Lu ya había cerrado la puerta del lavabo, había abierto el bolso y había echado el pestillo en una de las dos cabinas. Entre lápices de ojos, bolígrafos linterna, tampones y tres libretas, Lu guardaba en el bolso una muñeca de trapo del tamaño de un libro. La había comprado para poner enferma a Amanda, tras una de sus monumentales discusiones. Lu iba a clases de vudú y ya había conseguido un esguince de tobillo para Rita y una bronquitis para Bobo, pero nunca había probado con Amanda.

Había llegado el momento.

—Oh, sí, voy a joderte bien, Frente Peluda.

Lu sacó la muñeca y le clavó tres alfileres en el cuello. Uno, dos, tres. Luego le dio un puñetazo entre las piernas y un pellizco en el pie izquierdo. Según Nona Host, su profesora de vudú, los efectos no eran inmediatos. Así que tendría que esperar al menos un par de días para verla suplicar por su voz sin voz.

—Te estoy jodiendo, Amanda —le susurró a la muñeca.

Y entonces alguien intentó abrir la puerta. Oh, es un momento, dijo, y tiró de la cadena. Está bien, se dijo, allá vamos. Guardó la muñeca en el bolso y se pasó un dedo por los labios. Luego abrió la puerta.

—Ah. Oh. Lu. —Era Joana, de Archivo.

—Yo, sí —dijo Lu, retirándose un mechón de la cara.

La otra sonrió y se metió en la cabina.

Lu salió.

—¿QUÉ HACÍAS AHÍ DENTRO? —gritó Amanda.

La había estado esperando junto a la puerta del lavabo.

—¿Qué crees que hacía, Amanda? —preguntó Lu.

—VUELVE A TU SILLA.

—No soy Rita.

—VUELVE A TU SILLA. —Buf, buf, salto, salto.

—¿Alguna exclusiva?

—QUIERO QUE ESCRIBAS UN PEDRO JUAN. —Buf, salto.

—Oh, Dios mío, Amanda, ¿cuándo vamos a dejarle en paz?

—LAS NIÑAS QUIEREN A PEDRO JUAN Y NOSOTRAS TAMBIÉN.

Amanda llamaba niñas a las lectoras de la revista. No importaba que tuvieran treinta, cuarenta, incluso setenta años, porque también llamaba niñas a las de noventa.

—¿Ha llamado Rita?

—¿QUIERES VOLVER A TU SILLA? —Buf, buf, salto.

—Oh, sí quiero.

Claro que quiero. Vuelvo a mi silla y abro la carpeta PEDRO JUAN y me pongo a escribir. Escribo sobre un tipo que no existe pero que podría existir. Es actor y tiene treinta y tres años. Protagoniza una telenovela rodada entre julio y septiembre de 1981 en un plató de televisión con aspecto de casa de muñecas. Sí, de eso hace siglo y medio pero a quién le importa. Nadie recuerda nada así que, ¿a quién coño le importa?

—¿Ha llamado Rita? —le preguntó Lu a Ginger, de camino a su mesa.

—Sí.

—¿Se la has pasado a Amanda?

—No.

—¿No?

—No quería hablar con Amanda. Ha llamado para decir que no la esperemos esta tarde. Dice que tiene que ir a la peluquería.

—¿A cortarse la lengua o las puntas? —susurró Lu, y Ginger sonrió.

A Ginger no le caía bien Rita. Rita sólo le caía bien a Bobo.

—LU —gritó Amanda, desde la puerta de su despacho.

—Oh, sí, YA SÉ, Amanda —dijo Lu, y recorrió sin alzar la vista los quince pasos y medio que separaban su mesa del mostrador de Ginger.

Bobo asintió al verla llegar. Ella también. Se recogió el pelo en una coleta y trató de sentarse. Oh, esto es demasiado pequeño, ¿cómo puede pasar ese tipo todo el día aquí sin ahogarse? Tengo que salir de aquí, tengo que ir a ver esa maldita nave y entrevistar a quien sea que haya dentro y Rita volverá a su sitio y las cosas volverán a ser lo que eran. Sí, eso haré. Pero primero tengo que escribir sobre…

—¿Qué es lo último que hemos dicho de Pedro Juan? —preguntó Lu.

Bobo revolvió en su escritorio y le lanzó una revista.

—Oh. Joder, Bob, ¿puedes avisarme? —dijo Lu.

La revista se había llevado por delante la Torre Eiffel que colgaba de la pantalla de su ordenador y había caído al suelo. Lu se agachó a recogerla y de paso recogió la torre. Trató de colgarla de nuevo de la pantalla pero no pudo. Aquel chisme no hacía más que resbalar pantalla abajo, así que desistió. La metió en un cajón y se puso a hojear la revista.

—¿No vas a hablarme, Bob?

Bobo no dijo nada.

—Si Rita no vuelve, ¿con quién hablarás?

Silencio.

—Se te ha comido la lengua el gato. Estupendo. ¿Has oído hablar del Capo? ¿No? ¿Sabes que al Capo también se le comió la lengua un gato?

Un par de teléfonos sonando, lejos.

—Está bien. Tú sabrás.

Bobo la miró. Luego miró su pantalla y siguió escribiendo. Lu leyó el último artículo que habían dedicado a Pedro Juan: «Descubre si eres su Julieta Manía». Julieta Manía era el nombre de la actriz que enamoraba a Pedro Juan en la serie. ¿Julieta Manía? ¿Qué clase de nombre es ese?, se preguntó Lu en voz alta.

Pero nadie contestó. Amanda estaba en su despacho insonorizado y Ginger, los chicos de agencias y Joana estaban en otro mundo.

—Eh, Bob, ¿has oído hablar de la Revolución Rusa?

Tecleo, tecleo, tec-tec-tecleo.

—¿He dicho HABLAR? Perdona, querido. ¡Eh! ¿Qué ha sido eso? ¿He dicho QUERIDO? Oh, no, tendré que lavarme la boca con jabón.

Un par de carcajadas de Lu.

—Olvida la Revolución Rusa de todas formas. —A Lu acababa de ocurrírsele una idea. La imaginación de Lu era infinita e irresponsable—. Estoy a punto de inventar la Revolución Julieta, Bob. Oh, sí, voy a escribir sobre ese estúpido tipo y Amanda va a lamentar haber enviado a Rita a cubrir ese asunto de la nave.

Lu se rio. Y luego tecleó. Tecleó y tecleó hasta que Amanda salió del despacho y se largó. Entonces volvió a reírse: JAjajajaJÁ—JAjajajaJÁ. Y a Bobo le tembló el ojo izquierdo, y eso quería decir: PELIGROPELIGROPELIGRO.

11

SAN SUPREMO HABLA SIN PARAR

San Melbourne, Jefe SUPREMO de la policía local de Welcome, estaba sentado en una de las sillas giratorias de la peluquería que regenta Mamá Glotis, hablando sin parar. A su lado, Rita trataba de no perder la cabeza por el ARDIENTE y MARAVILLOSO Brandy, oh, Brandy Newman, mientras una chica morena con corte de chico le teñía el flequillo de rojo sandía.

Como los amontonadores de estadísticas de la ciudad sabían bien, San Mel era un tipo despreciable. Ostentaba récords estúpidos como el de mayor número de palabras por hora o el de primer onanista compulsivo de Welcome. Era alto, era feo (su nariz era un disparo de mortero y sus ojos, dos rendijas de persiana ocultas bajo gruesas cortinas de pestañas, por no hablar de su mandíbula mastodóntica y sus labios de chica) y era un pésimo orador, pero él se empeñaba en hablar sin parar.

—Esta BENDITA ciudad se merece LO MEJOR. Todos los sabemos, hasta la SANTA POLICÍA lo sabe, y por eso queremos lo mejor para ella, ¿y qué es lo mejor? Lo mejor es lo que tenemos —decía San Melbourne.

—Estate quieto, Mel —decía Mamá Glotis.

—Oh, sí. Lo siento, pequeña.

—No me llames pequeña, Mel.

La chica con corte de chico se rio. Y luego susurró:

—Pequeña.

—¿Cómo? —Rita estaba nerviosa.

No podía dejar de pensar en Brandy, oh, sí, Brandy Newman, pero ¿cómo iba a encontrarle? Volveré a la cafetería y lo encontraré sentado en la misma mesa y levantará la vista, me verá y se pondrá en pie y echará a correr y me besará como si yo fuera Cenicienta y él, aquel tipo rico del ramo de rosas. Oh, sí, lo hará. Pero ¿cómo?

—Oh, nada —dijo la chica, dio un par de vueltas a un carrito de peines y añadió—: Cinco minutos más y secamos.

—Estupendo, querida —dijo Rita, y trató de hojear una revista.

No le sirvió de nada. Ahora no podía dejar de pensar en el beso de Cenicienta que iba a darle.

—¿Cómo se está portando Greg? —estaba preguntándole Mamá Glotis a San Mel cuando Manu dejó el flequillo de Rita.

—Bien, Mamá. Greg es un buen chico.

—Oh, eso ya lo sé, Mel, pero me refiero a las chicas.

—¿A qué chicas?

—A las chicas del Cuerpo.

—¿Cuerpo?

—Del Cuerpo de Policía —aclaró Manu.

—¿En qué clase de idioma hablas, Mamá?

—No me llames Mamá.

—Oh, claro. Señora Glotis.

—Señorita.

—Doña.

—Oh, ya basta —sentenció Mamá Glotis.

Manu se rio y se retocó los labios y los ojos en el espejo de San Mel.

—Tiene miedo de que se lo quiten —sugirió Manu, desde el espejo.

—Te he dicho mil veces que no hagas eso AQUÍ.

—Sólo es un momento. —Manu se guardó el par de lápices en el mandil y añadió—: No molesto a nadie. Sólo es un momento, Mamá.

—No me llames Mamá.

—No te llamo Mamá —dijo la chica, y sonrió.

San Mel estuvo a punto de quedarse sin corazón. Pum. Puuum. POUUUM.

La chica desapareció tras una puerta rosa y San dio un brinco en su sillón.

—¡Estate quieto, demonio! —Las tijeras de Mamá Glotis habían estado a punto de rebanarle una oreja.

—Oh, sí, lo siento.

—Oh, DIOS MÍO, San, deja de hacer eso.

—¿El qué?

—Mirarla como si acabara de ponerte una mano en la braqueta.

—Oh, demonios, Mamá Glotis, soy yo, tu hermanito, San Mel.

—¿Y?

De repente se oyeron los primeros acordes de *Haz conmigo lo que quieras* y San se levantó de su sillón fluorescente. Se puso una mano en el pecho y cerró los ojos. Mamá Glotis le dijo: No seas estúpido y siéntate, que no tengo todo el día.

San no dijo nada.

—¿Manu? Sal de ahí. Llama a Liz.

—Sí, Ma.

—Dile que venga a por su marido.

—Sí. Manu cogió el teléfono y marcó el número de Liz.

Mamá Glotis decía: San, estoy llamando a Liz. ¿Quieres que venga a buscarte? San, San, ¡SAN!

La canción siguió sonando. Anita cantaba:

> Haz conmigo lo que quieras
> sé que lo merezco
> haz conmigo lo que deseas

sé que te merezco
házmelo, oh, oh, házmelo
házmelo, oh, oh, hááááz-meee-lo.

Y San imaginaba que abría de piernas a la chica del corte de chico y que... Oh, esa maldita Glotis, ¿no puede callarse? ¡Estoy tratando de concentrarme!

—¿Liz? Hola, soy Manu. ¿Qué tal? Oh, ya sé que tienes mucho trabajo pero Ma quiere que vengas a por tu marido. Oh, sí. Ya sabes. No deja de hablar y se pone de pie cuando suena esa canción. Y se pone a. Sí. Ya. Bueno. Hasta ahora.

—¿QUIERES DEJARLO YA, MEL? —estaba gritando Mamá Glotis.

Oh, sí, ahí está. Estate quieta, pequeña. Así. OH. Sí.

—¿QUÉ HACE? —Esa era Rita. No podía creérselo. Miraba fijamente la montaña que se había alzado en la entrepierna de San Mel y no podía creérselo.

Vamos, pequeña, se susurraba San.

—OH, DIOS MÍO. —Mamá Glotis se santiguó al descubrir el bulto y añadió, Deja, deja, deja, después de propinarle una patada en la espinilla.

San Mel recibió el golpe como quien recibe un beso en el zapato izquierdo. Oh, sí, pequeña, estaba diciéndose. En su cabeza, San ya había abierto de piernas a la chica. Así que. Oh, ya sabes. Pon esa mano ahí y la otra un poco más abajo. Sólo un poco más. Sí, justo ahí. Y ahora muévela.

—¡OoooH! —gritó Rita, tapándose la cara con las manos.

—DEJA ESO, MEL. DÉJATELA. OH, DIOS MÍO. DEJADEJADEJA.

Mamá Glotis había empezado a sacudirle con el secador. Estaba empleándose a fondo con la mano del pecho y la que no dejaba de moverse AHÍ abajo. Rita contenía la respiración. Está haciéndolo, está haciéndolo, ESTÁ, oh, sí, ESTÁ HACIÉN-DOLO.

—¡QUE ALGUIEN PARE ESA MALDITA CANCIÓN! —gritó Mamá Glotis.

Y entonces ocurrió. Manu puso sus manos sobre las enormes orejas de San Mel y él gritó: OHOHOHOHSÍOHOHSÍSÍOHOOOOH. Y la jodida canción se acabó. Y ¿qué tienes ahí, San? ¿De dónde ha salido esa mancha?

—Estupendo, estupendo, estupendo —se dijo San. Luego abrió los ojos y se topó con la mano de su hermana. PLAS. Una, dos, tres, cuatro bofetadas y (sinvergüenza) SIÉNTATE AHÍ. Vamos, siéntate.

—Oh, sí. Lo siento, Ma.

—No me llames. Oh, Dios, San. No me llames NADA. ¿Me has oído? No quiero que vuelvas. No quiero que vuelvas NUNCA.

—¿Nunca?

—Siéntate.

San se sentó. Se echó un vistazo a la entrepierna. Oh, no se nota demasiado. No. Nada. ¿Y las manos? No. Un poco. Bueno. No importa.

—Debería cortarte una oreja —dijo Mamá Glotis.

—¿Una oreja?

—Cállate.

—Sí.

Manu se agachó junto a Rita y le dijo:

—Ya está.

—¿Ya? —preguntó la otra.

—Sí.

Rita respiró hondo y bajó las manos. Miró a San. San la miró a ella.

—Oh.

—¿Qué tiene ahí? —le preguntó San.

Y ella miró la mancha de su entrepierna. Oh, es grande, DEMASIADO grande.

—¿Qué tiene? —insistió San.

—¿Yo? —se preguntó Rita.

—Sí, usted. Ahí —dijo San, señalándole la frente.

—A. Quí —susurró Rita, mirándose al espejo.

–¡OOOOOH! ¿DÓNDE ESTÁ MI PELO?

No había pelo. Ni rojo sandía ni verde aceituna ni negro rímel clásico. No había pelo. De ningún tipo. Había un claro del tamaño de una pelota de tenis junto a su frente.

–MIPEEEELOMIPEEEELOOOOOO –clamaba Rita.

–¿QUÉ DEMONIOS PASA? –preguntó Mamá Glotis.

Manu le echó un vistazo a su reloj y dijo: Mierda.

–Mierda qué. –Esa era Mamá Glotis acercándose a la Zona Cero.

–El tiempo –dijo Manu.

–¿QUÉ DEMONIOS HAS HECHO, ESTÚPIDA?

Rita lloraba. Lloraba y lanzaba puñetazos. Mamá Glotis recibió al menos cinco tratando de ponerla en pie. Tranquilícese, tranquilícese, no se preocupe, se pondrá bien, decía. Y luego, AYÚDAME, ESTÚPIDA.

–Sí.

Entre las dos consiguieron sentarla en el lavacabezas.

–¿Puedes acabar mi corte, Ma? –preguntó San, en aquel preciso momento.

–¿Quieres CALLARTE?

–Oh, sí. Claro. Pero. Ya sabes. Tengo que trabajar, hermanita.

–¡OOOOOOOOOOOOOOOOH! –Mamá Glotis estuvo a punto de echarse a llorar, pero no lo hizo, porque tenía que lavar y lavar y lavar y llamar ESTÚPIDA a Manu y pedirle a su hermano que se callara. CÁLLATE, PERVERTIDO.

–Pero si no hablo.

–CÁLLATE DE TODAS FORMAS.

Mamá Glotis lavó y lavó y lavó la frente de la sollozante Rita hasta que la Zona Cero Cabelluda brilló como si Abrillanta Suelos Esmío hubiera pasado una temporada haciendo tiempo en su exflequillo.

–Ooooh, mi peeelo, mi peeelo –repetía Rita.

–No se preocupe, señora. Lo arreglaré –decía Manu.

Y Mamá Glotis se calmaba. Pensaba en islas desiertas. Una vez vio una película en la que el protagonista pensaba en islas desiertas cuando quería dejar de estar nervioso y desde entonces siempre usaba el mismo truco. Islas desiertas. Oh, ahí estás, y no estás nada mal, querida.

—Hola, Liz —oyó que decía Manu, y cerró el grifo.

Liz acababa de entrar. Estaba muy guapa. Qué demonios, Liz era muy guapa. Mamá Glotis se preguntaba cada día qué podía haber visto aquella chica de película en su estúpido hermano.

—¿Mel? ¿Cariño? Ya está. Nos vamos a casa —dijo Liz.

—¿Eh? ¿Liz? —San Mel levantó la cabeza, asustado.

Dime que se había dormido y le mataré yo misma, con estas manos, se dijo Ma.

—Nos vamos —dijo Liz.

—¿Qué pasa?

—Es tarde. Nos vamos.

San le echó un vistazo al reloj en forma de ojo que colgaba de una de las paredes pastel de la peluquería y dijo:

—¿Las cinco?

—Es tarde. Nos vamos.

—¿Puedo irme, Ma?

—¿No me has oído, Mel?

—Sí.

—No quiero verte NUNCA más.

—¿Qué has hecho, Mel? —preguntó Liz.

—Nada.

—ooooooh, mi peeelo, mi peeelo —sollozó Rita.

—¿Ha pasado algo, Ma? —Liz parecía preocupada.

—Nada, Liz. Tú sólo saca a tu marido de aquí.

—Vamos, Mel.

—Ma lo sabe, Liz. Sabe que esta BENDITA ciudad merece TODO lo que tiene y lo que tiene es LO MEJOR, porque.

—Oh, vamos, Mel.

—Sí, cariño.

San Mel se arrancó el batín fluorescente, lo dejó sobre el sillón y salió. Liz se despidió de las chicas y le siguió. Manu se metió tras la puerta rosa en busca de un puñado de pelo rojo sandía y Rita miró a Mamá Glotis deseando que tuviera en algún lugar una máquina del tiempo que la devolviera al momento en que había conocido a Brandy, oh, Brandy Newman, cuando todavía tenía pelo.

12

TENGO UNA CIUDAD

Los patrocinadores de los veintitrés barrios de Welcome no dejaban de llamar. Querían saber qué era aquel chisme que se había estrellado contra el CC33 y si sus calles corrían peligro (las más de trescientas empresas que habían asfaltado el centro de la ciudad con sus logotipos querían saber cuánto se les descontaría de la mensualidad por tramo si la nave ocultaba su parte). Y Claudio Arden se pisaba los zapatos. Estaba tan nervioso que no podía dejar de pisarse los zapatos. Y al tipo que los limpiaba le dolían los antebrazos. Oh, Dios, ¿y si se adelantan las elecciones?

—No se adelantarán —dijo Dios.

—¿Cómo puedes estar tan seguro?

—Querido Claudio, soy Dios.

—Oh, claro.

Dios no era Dios, por supuesto, pero era el Dios de Welcome y eso para Claudio era más que suficiente. Aunque los teléfonos seguían sonando.

—¿Y si no dejan de llamar?

—Dejarán de llamar.

—Oh, ¿de veras?

—¿Quieres que lo hagan AHORA?

—¿Que si quiero QUÉ?

—¿Quieres tranquilizarte, querido Claudio?

—Yo. Sí. Tranquilo. Yo —dijo, aunque siguió pisándose los zapatos.

—Tú hermana grita demasiado.

—Oh, sí. Lo sé. Grita.

—Necesito otro barrio, Claudio.

—Oh, claro.

—Es sólo que. Bueno. Ya conoces a mi chica.

—Oh. Tu chica es. Es estupenda, Rico.

Cuando no se llamaba Dios, Dios se llamaba Rico y era dueño de la Inmobiliaria Imperio, la revista *Malas Lenguas*, un par de compañías petrolíferas, todas las salas de cine que operaban en Welcome y parte del extranjero, algunos bancos, una cuarta parte del sector editorial nacional, el mayor conglomerado textil del planeta y otros cientos de empresas de todo tipo. Ni que decir tiene que Inmobiliaria Imperio era también la única propietaria de Welcome, el mayor espejismo de ciudad conocido hasta la fecha.

—¿Puedo contar con ese barrio entonces? —preguntó Rico.

—Claro. Sí —dijo Claudio, y mientras se pisaba el pie izquierdo tomó un papel de su mesa y añadió—: ¿Cómo se llamaba tu chica?

—Nancy.

—Nancy, sí. Nancy. Bien. Pues quizá. Quizá el barrio pueda llamarse como ella: Nancy Imperio. Imperio Nancy. Eh, ¿no es estupendo? —Anotó algo en el papel.

—El nombre lo decidiré yo, Claudio.

—Oh, sí, claro. Sólo era una idea, Rico. —Arrugó el papel.

—Por supuesto. —Rico se levantó y Claudio dejó de pisarse los zapatos.

—¿Te vas?

—Sí.

—¿Nos veremos mañana?

—¿Mañana?

—He organizado una fiesta.

—Oh, por Mí, Claudio, ¡esa chica no va a acostarse contigo ni un millón de años!

—¿Por qué no?

—¿Cuánto hace que no te miras al espejo, querido Claudio?

—¿Eh?

—¿Desde cuándo los hombres visten de blanco?

—¿Qué? ¿Qué quieres decir, Rico?

Rico se rio. Luego se caló su sombrero de piel de mamut resucitado y dijo:

—Nos vemos mañana entonces. Construyo ese barrio.

—Mañana. Sí. Hasta mañana —dijo, y Rico se fue.

Cuando la puerta se cerró a sus espaldas, Claudio miró su mesa. Estaba tan limpia que podría haberse afeitado en ella si hubiera sabido cómo hacerlo. Pero Claudio no quería afeitarse. ¿Qué demonios había sido AQUELLO?

—Mi blanco está bien. Está bien. ¿No?

El tipo que no había dejado de limpiar zapatos en toda la tarde, levantó la cabeza y dijo: No. No está bien.

—¿No?

—No, señor alcalde. Creo que mejoraría usted con un gris.

—¿Un gris?

—Por ejemplo. Gris, camisa negra y corbata granate.

—Oh.

—Y zapatos negros.

—Negros, sí.

—Mejoraría usted.

—Puede. Oh, sí. Puede que sí. ¿Cómo te llamas, jovencito?

—Pedro Juan.

—Pedro Juan.

—Sí.

—Pedro Juan, sal ahí fuera y habla con Liz. Dile que llame a Rossi. Dile que le diga que haga lo que acabas de decirme.

—¿Lo que acabo de decirle?

—Corbata y eso. Sí. Díselo. Ahora. Sal.

El chico se levantó, se pasó la mano por la nariz, sorbió, y miró al alcalde cara a cara. Luego posó uno de sus sucios índices en su inmaculada camisa blanca y sonrió. Si hubiera echado a volar en aquel preciso momento, Claudio Arden no lo habría mirado más sorprendido. Oh, Dios, ¿y ahora qué?

—¿Qué? —dijo en voz alta.

—Quiero que despida a alguien.

—¿Yo?

—Usted.

—¿A quién? —Claudio miraba aquel dedo como si pudiera dispararle.

—Quiero que despida al tipo que me hizo esto.

El chico se bajó los pantalones y no tenía. Oh, no tenía. Ya saben.

Claudio se tapó la cara con las dos manos, como habría hecho Rita en su lugar, y dijo: No quiero ver eso. Sal de aquí.

—Quiero que despida al tipo que me hizo esto o tendrá usted problemas con los chicos del Suburbio Cinco.

—¿Problemas? —Claudio se rio.

—No se ría o tendrá problemas.

—Oh, chico, me persiguen los problemas. ¿No has oído hablar a Dios antes? Dios puede barrer tu barrio en un día si se lo pido, así que sal ahí fuera y busca a Liz.

—Lo barrerá pero nosotros le barreremos a él.

—Oh, JOUJOU. No me hagas reír, chico.

Claudio seguía escondido detrás de sus manos. El chico sentenció:

—Usted lo ha querido.

—¿Me estás amenazando? ¿Te atreves a amenazar al SEÑOR ALCALDE?

—Sí.

—Sí. Qué respuesta. Sí. Claro. ¿Y quién te ha hecho eso si puede saberse?

—Uno de sus agentes.

—¿Uno de mis agentes? ¿Qué agentes? ¿Un agente de viajes?

—Un policía.

—Yo no contrato a la policía, chico.

—¿No?

—No.

—Usted es el alcalde.

—¿Y? Súbete esos pantalones.

El chico se los subió. Claudio bajó sus manos. ¿Cómo pudo saberlo? Oh, claro, Claudio había estado mirando al chico a través de sus delicados dedos de chica.

—Sal ahí fuera y dile a Liz lo que me has dicho.

—Despida a ese hombre, señor alcalde.

—¿Quién demonios es ESE hombre?

—Es policía.

—¿Quieres que lo despida?

—Sí.

—¿Y por qué te hizo eso?

—Me hizo otras cosas.

—¿Otras?

El chico asintió. Se puso rojo como los asientos de un Ferrari Velasco.

—¿Es un pervertido? —dijo Claudio.

—Sí.

—Bien. Pues lo despediré. Lo despediré. Sí. Olvídate de él.

—¿Lo hará?

—Claro que lo haré.

—Gracias, señor. Muchísimas gracias, señor.

—Oh, no es nada, chico, ahora sal ahí fuera y...

—Pero tiene que prometerme algo.

—¿Más?

—Tiene que prometerme que enviará a ese maldito poli al Suburbio Cinco. Tiene que prometerme que cuando despida a ese agente lo enviará al barrio.

—Al barrio. Sí. Suburbio Tres.

—Cinco.

—Cinco. Sí. Lo apunto. Mira. Lo apunto, chico.

Claudio cogió un pedazo de papel y apuntó: SUBURBIO CINCO ENVIAR POLI PERVERTIDO (Claudio sólo escribía con mayúsculas, porque, como Vandie Lebenzon, además de pastillas para las grandes ideas (GI), de vez en cuando tomaba pastillas Súper Ego (SE).

—Oh, gracias señor, gracias —dijo el chico, que se agachó junto a él y le besó una mano.

Complacido, Claudio esperó a que se levantara para añadir:

—Eso está mejor. Sí. Mejor. Y ahora, haz lo que te he pedido antes.

—Liz.

—Sí, Liz.

El chico le dedicó una sonrisa y salió de su despacho.

Claudio era feliz. Era feliz porque era un buen tipo.

Lo soy, se dijo, Soy un buen tipo. Pero no siempre los buenos tipos cumplen sus promesas y, cuando eres la suela de un zapato, necesitas que cumplan tus promesas, porque si no las cumplen puedes cocinarte al tipo que promete y al resto de sus secuaces en un abrir y cerrar de ojos. Y así fue como Claudio Arden desencadenó la I Rebelión Social en la Nueva Era de Welcome, ciudad que sólo daba la bienvenida a los que estaban de paso.

13

EL CLUB DE LOS VISIONARIOS CREE
QUE LONDY ES DIOS

A las ocho y treinta y seis, Clark Roth saludó a una chica menuda, pelirroja, pecosa y de aspecto excesivamente triste, desde su mesa. La chica le vio, se empujó las gafas nariz arriba, y sorteó sillas y camareros hasta alcanzarle. Vestía como Clark imaginaba que debían vestir los payasos en sus ratos libres: zapatos rosa pastel, camiseta a rayas verdes y amarillas, y falda roja. Por si fuera poco, llevaba tirantes y medias calcetín azul cielo. Clark preguntó: ¿Luanne? Y ella se sentó.

—No tengo mucho tiempo —dijo.

—No te entretendré —dijo Clark.

Veinticuatro, calculó el periodista. Oh, sí, y fíjate qué tetas. Oh, cállate. Clark tomaba pastillas Heterorrojas para que se le ocurrieran ese tipo de comentarios. Clark no era demasiado ocurrente al respecto, de hecho, el sexo en su vida era como un plato de verduras: necesario, pero a menudo insulso. Así que había empezado a tomar pastillas con la intención de convertirse en un tipo sexualmente agresivo y lo había conseguido. Aunque todavía no había pasado del pensamiento a la práctica.

Las gafas de la chica eran demasiado grandes. No dejaban de resbalarle. Ella se las subía constantemente y Clark no podía dejar de pensar en: arriba, abajo, arriba, abajo, dentro, fuera, dentro, fuera. Oh, Dios, cállate, ¿quieres?

—¿Quieres tomar algo?

—No.

—¿Llevas todo el día ahí fuera?

—Sí.

—¿Qué esperas?

—Esperamos a Londy.

—¿Crees que Londy puede encontrarse en la nave espacial?

—Sí.

—¿Y qué te hace pensar eso?

—No sé si ha leído a Rondy, pero la respuesta está en sus libros.

—¿En sus libros?

—Sí.

—¿Ya sabíais entonces que ocurriría lo que ha ocurrido?

—Sí.

—¿No crees que puede tratarse de un cebo publicitario, como dicen las autoridades?

—Por supuesto que no.

Clark anotaba lo que la chica decía mientras las gafas subían y bajaban, arriba y abajo, dentro, fuera, dentro, fuera. Estaban sentados en la misma mesa en la que Brandy Newman se había topado con Rita Mántel, aunque no habrían coincidido de no haberse citado previamente, porque la cafetería estaba prácticamente desierta. Y no se comparte mesa en una cafetería desierta.

—¿Crees que la nave es de Londy?

—Sí.

—¿Viene Londy de otro planeta o algo así?

—No.

¡Dios mío, quiere volverme loco! Las gafas suben y bajan y suben y bajan y, ¿es que no puedes pronunciar más que un monosílabo por pregunta?

—¿Y entonces qué hace en esa nave? —Clark le dio un trago a su cerveza. Estaba caliente. PUAJ. Su cara se arrugó en una mueca de asco. La chica ni siquiera lo advirtió. Estaba concentrada en la servilleta que sobresalía del servilletero. La arrancó antes de contestar, la arrugó y la tiró al suelo.

—¿Es que no ha leído a Rondy?

Clark suspiró. Confesó: No.

—¿Cómo puede no haber leído a Rondy?

—No me gustan los detectives.

—¿Cómo pueden no gustarle?

Clark se deshizo parte del nudo de su corbata marengo.

—Mira, nena, te guste o no, yo soy el periodista.

La chica levantó la vista y (¡oh, qué ojos! Y luego: gafas arriba y abajo) dijo:

—No me llame nena.

Clark quiso encender un cigarrillo, pero no sabía cómo hacerlo. Se supone que la gente fuma y luego no quiere matar a nadie, pero yo no sé fumar, así que lo único que puedo hacer es tomar pastillas Notabaco, aunque no fume. Al fin y al cabo son las que mejor calman la ira, según los expertos consultados por este periódico y el resto (Clark solía citarse a sí mismo cuando pensaba).

—No te llamaré de ninguna manera si me contestas cuando te pregunto.

—¿No le estoy contestando?

—Premio.

Luanne hizo ademán de ponerse en pie, Clark la detuvo.

—No me toque.

—Escucha. Sólo quiero que me cuentes lo que sabes, ¿vale? Nada más.

—Suélteme.

Clark la soltó. Apenas había posado una de sus manos de pianista sobre las de la chica. Así que la retiró y ella cogió otra servilleta y la arrugó.

—No tengo mucho tiempo.

—Sólo quiero saber una cosa.

Luanne le miró a los ojos. Se subió las gafas.

—¿Crees que si consigo abrir esa nave voy a encontrarme con Londy Londy?

—¿Cómo va a abrirla?

—¿Lo crees?

La chica dudó. Se subió las gafas un par de veces antes de contestar.

—Sí.

—No te veo muy segura.

Luanne Rodríguez era la presidenta de Los Visionarios, el club de fans de Rondy Rondy. Un club de fans de ascendente religioso, puesto que consideraban a Rondy un Ser Divino, capaz de darle la vida REAL a su personaje, el maltratado Londy Londy, al que sus fanzines solían tildar de profeta. Lo único que Clark sabía al respecto era que lo habían sacado de una novelita titulada *Los Visionarios creen que Londy es Dios*.

—Lo estoy.

—Oh, sí. Por supuesto. Lo estás. Entonces estarías dispuesta a ayudarme.

—No.

—¿No? ¿No estarías dispuesta a ayudarme a tratar de abrir la puerta? ¿Al menos a darle un par de golpes de nudillos? ¿Eh? ¿Toc-toc?

Clark había empezado a perder los nervios. Necesitaba una de sus pastillas Notabaco.

—¿Es que piensa hacerlo?

Clark resopló. Bebió otro trago de su cerveza. PUAJ. La estrelló contra la mesa. Dijo: No tienes ni idea de lo que hacemos, ¿eh?

—¿A qué se refiere?

—Los periodistas.

—¿Qué les pasa?

—Oh, supongo que no debería pero. Qué más da. Mírate. No importa. Quiero que Londy salga de ese chisme. Es nuestra VERDAD y quiero que sea VERDAD. Así que voy a intentarlo. Y luego escribiré un artículo, no antes. Antes no.

—No le entiendo.

—Oh, no tienes que entenderme. Sólo echarme una mano.

—No sé si quiero.

—Escúchame. Si no me echas una mano, mis compañeros encontrarán a Londy en otro sitio. Y te aseguro que no será el Londy que vosotros conocéis. Será cualquier otro. O puede que no sea nadie. No tienes ni idea.

—¿Está diciendo que van a inventarse a Londy?

—No sería la primera vez. Pero. Oh, no debería haber abierto el pico. Pero ya está. Lo he hecho. Así que ahora tienes que ayudarme.

—¿Por qué debería hacerlo?

Luanne le miraba con los ojos tan abiertos que parecían estar a punto de resbalar nariz abajo, como las gafas.

—Porque si no nos inventaremos un Londy vuestro pequeño mundo se deshará en pedazos. Porque el Londy que vamos a inventarnos no es un buen tipo. El Londy de mi periódico ha venido para vengarse de sus lectores y sus fechorías no acabarán con el atentado del CC33 sino que irán mucho más allá. Oh, nena, no sabes hasta dónde puede llegar un periodista por no desmentirse. No tienes ni idea.

La chica bajó la vista hacia una servilleta recién arrancada y la estuvo mirando durante dos minutos. Clark engulló un par de pastillas con el resto de la cerveza (PUM). Sabía que había hecho mal en revelar el Gran Secreto del periodismo welcomiano, pero no había tenido otro remedio. Lo único que Clark quería era devolver al periodismo de investigación lo que era suyo. Luego vendrían las entrevistas y el libro (porque sí, escribiría un libro: EL NUEVO PERIODISMO WELCOMIANO, podría llamarse) y los premios, más premios, quiero ese y ese de ahí y aquél. Sí, aquel también.

—Está bien. Lo haré —dijo la chica. Para entonces, Clark casi la había olvidado. Estaba demasiado preocupado pensando en lo que iba a ponerse el día en que le dieran el Welcomitzer. El primer Welcomitzer auténtico de la historia.

—¿Señor?

—¿Eh?

—He dicho que quiero ayudarle.

—Oh. Sí. Está bien. Escucha entonces. Escucha. Esto es lo que haremos.

14

DAMAS, CABALLEROS Y PLANETAS

A las diez menos diez, Rita llamó a su triste amante. Le dijo: Lo siento, pero tengo otros planes para esta noche. Y se echó a llorar sobre su almohada violeta. El tipo ni siquiera se dio cuenta. Dijo: Otra vez será, y colgó. Pero Rita no. Rita estuvo oyendo el pitido (PEEEP-PEEEP-PEEEEP) hasta las diez, hora en que Brandy, oh, su querido Brandy Newman, bajó del coche oficial y cruzó las puertas del Calvados.

El Calvados era el restaurante más caro de la ciudad. Propiedad de Rico Imperio, había sido construido bajo la cáscara de una iglesia (de la que se habían conservado tres bancos, el altar mayor y dos candelabros de oro macizo, además de un cura, que hacía de orondo *maître)*, y, precisamente por su original aspecto, había recibido alrededor de una veintena de distinciones de al menos seis países. Sus platos oscilaban entre las cien y las seis mil uves (la uve era la moneda oficial de Welcome y tenía un valor similar al dólar) y disponía de pequeños reservados en los que podía pasar cualquier cosa, puesto que el camarero estaba obligado a pedir permiso antes de servir platos, copas, farias o habanos a sus a menudo excitados clientes. Además, coincidiendo con la llegada al poder de Claudio Arden, se había iniciado la construcción de una cúpula, ya terminada, desde que la que podía verse toda Welcome. Era allí precisamente donde

Anita Velasco acababa de encontrarse con Vandie Lebenzon.

—Estás estupenda, An.

Vandie llevaba un sombrero de plumas. Parecía la madrastra de uno de esos macabros cuentos que habían leído los niños de hacía un par de siglos. Tenía la piel blanca y los labios negros.

—Hola, Vandie —dijo Anita, y se sentó.

Estaba enfadada. Muy enfadada. Tanto, que llevaba consigo a la pequeña Anita. La pequeña Anita era la pistola que le había regalado su madre antes de morir. Le había dicho: Si lo que quieres es cantar, hija, vas a necesitarla. Anita no había entendido a su madre hasta entonces.

—Un día menos, un paso más.

Vandie solía decir cosas así. Para Vandie la vida era una carrera y Anita era el caballo ganador.

—Te dije que no quería que lo hicieras.

Vandie arrugó las cejas.

—No te hagas la estúpida, Vandie.

—Vandie no es estúpida.

—Oh, claro que no. La estúpida soy yo.

Vandie se rio.

—¿Qué demonios te pasa, querida?

—Me pasa que no quiero ser un planeta, Vandie.

Vandie volvió a arrugar las cejas. El camarero se acercó y pidió permiso para servir el primer plato. Anita se lo dio. Bajo sus pies, en el comedor principal, otro planeta, Júpiter, el Inspector, estaba tratando de conquistar a Brandy Newman.

—¿Qué tal sus investigaciones?

—Bien. Sí. Bien.

Brandy estaba nervioso. No hacía más que tocar las cuatro puntas del tenedor. Una, dos, tres, cuatro. Luego se aclaraba la garganta, mirando al plato, y decía Sí, No, Bien, Puede, No sé, Gracias. De vez en cuando, se metía un pedazo de carne en la boca.

—¿Le han dicho alguna vez que es usted muy guapo? —Ese era el viejo Jup.

—Oh, sí. Alguna vez.

—Alguna chica, imagino.

—Sí. —Brandy se tragó un pedazo de su pollo al gringo sin masticar.

—Pero usted sabe. Usted sabe, querido Brandy, que desde que el mundo lucha por la abolición de los sexos, las chicas y los chicos son —el Inspector jugaba con un nabo en su plato— la misma cosa. Exactamente la misma cosa.

—Oh. Bueno. No. No exactamente, Inspector.

—¿No?

—No. Bueno. Soy consciente de que el placer puede proporcionártelo igual un hombre que una mujer pero, eh, todavía existen preferencias, eh, inclinaciones sexuales que, que, bueno, congénitas.

—Oh, sí, claro, por supuesto.

—Sí.

—¿Le gusta a usted el pollo?

—¿El... pollo?

—Lo come con verdadera pasión.

El viejo Jup le guiñó un ojo y se pasó un dedo por los labios, sus labios agrietados y rojos, recién pintados.

—Me gusta, sí.

Jup se levantó y se sentó junto a Brandy. Estaban en uno de los reservados.

—Apuesto a que esto también le gusta.

El Inspector metió la mano bajo el mantel y se topó con la bragueta de Brandy. La bajó. Empezó a tocar el pajarito del detective. Arriba y abajo.

—Oh.

Brandy sintió náuseas. Pensó: Voy a vomitar. Pensó: Le mataré. Pensó: Le mataré por esto. OH, DIOS. Le mataré.

—¿Le gusta, querido?

Brandy no dijo nada. Cerró los ojos. Contó hasta diez.

—¿Por qué no juega usted con ESTE? —dijo el Inspector, llevando hasta su bragueta la mano izquierda del detective.

Brandy contó hasta veinte. Devolvió la mano a la mesa. El Inspector volvió a llevarla hasta su bragueta. El detective la dejó allí abajo, muerta.

—Vamos, querido —dijo el Inspector.

Brandy Newman contó hasta treinta.

Sobre su cabeza, la chica más bonita de Welcome, Anita Velasco, acababa de decirle a Vandie Lebenzon, su ambiciosa representante, que no quería volver a verla.

—Creo que no te he entendido, An.

—Oh, sí, Vandie, yo creo que sí me has entendido.

—¿Qué has dicho?

—He dicho que estás despedida.

Vandie se rio.

—No puedes despedir a Vandie, querida.

—Por supuesto que puedo.

—No, no puedes.

—¿Quién va a impedírmelo?

—Yo.

—Tú eres quien está despedida, Vandie.

—No, Vandie no lo está.

El camarero pidió permiso para servir el segundo plato. Anita se lo dio.

—Hablaré con las chicas de prensa. Creo que pueden conseguirte otra portada.

—No tienes por qué hacerlo.

—Oh, claro que tengo que hacerlo, An.

—Te he dicho que estás despedida, Vandie.

Vandie se tapó la cara con las dos manos. Se la masajeó durante al menos cinco minutos. Cuando retiró las manos, parecía un fantasma.

—No serás nadie sin mí.

—Te equivocas, Vandie. TÚ eres quien no será nadie sin mí.

—No puedo creérmelo.

—Créetelo.

—¿Vas a despedirme?

—Sí.

—¿Y qué harás sin mí?

—Lo mismo que hasta ahora.

—¿Es por Marisa? ¿No te gusta Marisa?

—Marisa es mi mejor amiga, Vandie.

—Podemos despedirla.

—¿Hablo para esa pared, Vandie?

—No, querida.

—La despedida eres TÚ.

—Pero no te entiendo, An. Yo. Yo lo he dado TODO por ti, TODO. Y ahora qué. Ahora tú quieres que, oh, bueno, no sé lo que quieres porque eres demasiado CRUEL.

—Oh, sí, soy cruel, Vandie. Dame una cifra y la firmaré.

—No hay cifra en el mundo que pueda pagar lo que Vandie ha hecho por ti.

—¿Qué te parece un millón?

—No quiero dejarte, An.

—¿Dos?

—No quiero dinero, An.

—¿Tres?

—No voy a dejarte. Sólo quiero lo mejor para ti. Y si algo de lo que ha dicho o ha hecho Vandie te ha molestado, te pido disculpas.

—Vandie, me molesta tu sola presencia. Me has hecho demasiado daño en todo este tiempo. Estoy cansada de decirte lo que me gusta y lo que no me gusta y —Anita acarició su pequeña Colt— tú, oh, bueno, qué digo, tampoco estás escuchándome ahora, ¿has escuchado a alguien alguna vez, Vandie?

—Haré lo que me pidas.

—No es cuestión de —Anita sacó la Colt del bolso, la recostó en su regazo— hacer o dejar de hacer, Vandie, es cuestión de ESCUCHAR, ¿me oyes?

—Vandie escucha, An.

—No. Vandie no me escuchó cuando dije que no quería ser lesbiana.

—¿Es eso?

—No me escuchó.

—¿No querías ser lesbiana?

—Tengo que ir al baño.

—Nunca le dijiste nada de eso a Vandie. Vandie sólo quiere lo mejor para ti.

—Tengo que ir al baño, Vandie.

Anita se puso en pie, con la Colt escondida bajo el bolso. A punto estuvo de retirarlo y disparar: BANG BANG.

—Nunca dijiste nada.

Anita se dio la vuelta y se encaminó hacia las escaleras. Oyó a Vandie hablar a sus espaldas y ahora era ella quien no escuchaba. Todavía pensaba en girarse, oh, sí, un giro perfecto de noventa grados, y disparar, así, BANG BANG BANG. Pero no quería ir a la cárcel y había demasiadas escaleras y no podría bajarlas todas sin que alguien la detuviera y se topara con la Colt y le hiciera preguntas, y ella, oh, qué más da. Mamá nunca me enseñó a decir que no, pero tampoco me enseñó a usar este chisme.

Todavía bajo sus pies, Brandy Newman pensaba en cocodrilos y tiburones y sangre, sangre y dientes, mordiscos, ÑAM ÑAM, mientras el maquillaje del viejo Jup se hacía papilla correosa y caía, mejillas abajo, al compás (FLAP FLAP FLAP) de la mano con la que se trabajaba el pajarito del detective.

—Pa...re —le dijo Brandy.

—Piense en una hermosa chica —dijo Jup, y añadió—: como esa.

Brandy abrió los ojos, como en un acto reflejo, aunque no quería, quería pensar en cocodrilos y sangre, en piernas de surfistas desafortunados y tiburones y sangre, pero abrió los ojos y la vio y entonces, sí (FLAP FLAP), OOOOOH, sí (FLAP FLAP FLAP):

—¡OOOOOOOOOOOOOOOOOOOOOOOOOOOOOOOOOOOOOOOOoh!

Brandy estalló. La chica desapareció. Y el viejo Jup dijo:

—Me ha puesto usted perdido, querido Brandy.

El detective se subió la cremallera (apenas podía pensar, ¿qué ha sido eso? La, la chica, era, no sé, la chica, ¿dónde? Y, y yo, yo), se puso en pie, se revolvió el pelo y dijo que necesitaba un poco de aire. Necesito un poco de... Enseguida vuelvo.

Los reservados eran reservados pero permitían ver a los, sí, a menudo excitados, clientes, lo que pasaba a su alrededor. Por eso Brandy Newman había visto a Anita. Si hubiese abierto los ojos un poco antes, la habría visto bajar por las escaleras y dirigirse a los servicios, aunque, con toda probabilidad, en su situación, habría visto lo que vio: un fotograma descontextualizado y anecdótico de una película que no estaba proyectándose para él. Pero que le interesaba.

—Será mejor que —dijo, mirándose la entrepierna mojada.

—¿Le ocurre algo, caballero? —preguntó el *maître*, de camino a ninguna parte.

—Oh, creo que, ¿el cuarto de baño?

El *maître*, que debía pesar novecientos noventa y nueve kilos y rezar cada noche por la salvación de los, muy excitados, clientes del Calvados, le miró (sí, ahí) y pareció que se le hinchaba la cara y estaba a punto de estallarle.

—No es, no. Sólo me, bueno, ¿puede decirme dónde está el cuarto de baño?

—Claro. Aquella puerta —dijo—. Aquella puerta.

—Oh, sí. Gra, gracias, pa, caballero.

—Caballero, sí —dijo el expadre.

Brandy Newman se metió en el cuarto de baño. Dio uno, dos, puede que hasta veinte pasos, y se metió en el cuarto de baño. En el cuarto de baño había dos puertas. En una ponía «Damas» y en la otra «Caballeros». Pero Brandy Newman era demasiado torpe para vivir en un mundo excesivamente ordenado, así que empujó la puerta de las «Damas» y allí estaba, oh, sí, LA CHICA. Se acababa de dar un puñetazo en la mejilla izquierda.

—Pe, perdone —dijo Brandy y cerró la puerta (¡ERA ELLA!).

—¿Oiga?

La puerta se abrió y Anita asomó la cabeza (¿QUIÉN ES USTED?).

—¿Sí?

Brandy se había dejado caer contra la puerta de salida (SIENTO COMO SI ACABARA DE DISPARARME).

—¿Le he visto antes?

Anita estaba nerviosa (ES DEMASIADO GUAPO).

—No. Pero yo a usted, yo, creo que sí.

Brandy estaba a punto de desmayarse (¿QUÉ ME ESTÁ HACIENDO? OH, SEÑORITA, SERÍA CAPAZ DE MATAR POR USTED, MATAR, MATAR A ESE MALDITO VIEJO Y AL RESTO DEL MUNDO).

—Claro. Todo el mundo me conoce. ¿Quiere... pasar? (OH, SÍ, VEN AQUÍ).

—Pa, pasar, sí, oh, claro, sí.

Brandy dejó la pared y Anita abrió la puerta un poco más y dejó que el detective se colara en el pequeño baño. Apenas había sitio para sus dos bocas y sus cuatro piernas (¿Y AHORA QUÉ?).

Anita echó el pestillo. Dijo:

—Tiene que ayudarme a salir de aquí.

Estaban tan cerca que (BÉSAME) Anita no podía pensar (¿A QUÉ ESTÁS ESPERANDO?), así que le rodeó con sus brazos y (¡ESTÁ TEMBLANDO!) se miraron durante lo que parecieron tres siglos y medio antes de que Brandy (OH, SÍ, VOY A HACERLO), se decidiera a besarla y se convirtiera así, sin saberlo, en el protagonista de la primera película X de Anita Velasco, rodada por el circuito cerrado de vídeo del Calvados (OH, SÍ, VAMOS, SIGUE, PEQUEÑO, ME GUSTA, ME, ME, ME, OOOOOOOOOOOOOOOOOOOOOOOOh, CAAARIÑO).

15

LOS DEMÁS MASTICAN Y TRAGAN

Brandy Newman soñó que tenía un perro y que salía a pasearlo y entonces un teléfono sonaba al otro lado de la calle. Brandy la cruzaba y descolgaba el aparato y una chica decía: Todos te vigilan. ¿Quién? Él y yo. ¿Quién? Oh, ya lo sabes. La chica colgaba y él tenía un tenedor en la mano y el perro estaba en su plato y el Inspector decía: Me gusta usted, querida. Y Brandy se miraba en su espejo de mano y era una chica, era ESA CHICA, y se mordía un labio y no había sangre, sólo dientes y dientes y más dientes. Y entonces el Inspector metía una mano bajo el mantel y luego se la metía bajo la falda y Brandy ya no tenía pajarito, tenía otra cosa, y lloraba, lloraba y lloraba, y el Inspector se ponía en pie y hacía que Brandy se pusiera en pie y le bajaba las bragas y le metía algo, algo muy largo y muy duro por, oh, duele, duele, duele, decía Brandy, pero el Inspector no podía oírle porque gritaba mucho, gritaba: OOOH, SÍ, PEQUEÑA, OOOOOH, SÍ, ME GUSTA. Y la chica decía en su oído: Todos te vigilan, estúpido, ¿qué crees que estás haciendo? Y entonces Brandy levantaba la vista y la veía:

—¿Rita?

—Todos te vigilan.

—No.

—Te van a masticar, Brandy.

—¿Quién?

—Todos.

—Oh, tienes que ayudarme, Rita.

—No.

—Ayúdame.

—No me llamaste.

—Oooh, Riiiita, ayúúúdame.

Pero Rita ya no estaba. En su lugar había una boca. Una boca con muchos dientes que se abría y se cerraba y el viejo seguía gritando a sus espaldas y todo dolía, dolia, dolía demasiado.

—¿BRANDY?

—¿EH?

—¿BRANDY?

—¿RITA?

Brandy abrió los ojos. Había una cabeza de chica en la almohada, pero no era la de Rita. Era ESA chica. La chica del cuarto de baño.

—¿Estás bien? —preguntó.

Brandy estaba temblando. La chica no pestañeaba.

—Sí —miró alrededor. Nadie más que la chica y él.

—¿Una pesadilla? —preguntó Anita.

—Sí —dijo él, y sonrió.

—¿Quién es Rita?

—¿Quién?

—Oh, vamos, acabas de llamarme Rita.

—Oh. —Brandy se incorporó. Se pasó una mano por la cara y se estiró.

—¿Quién es? —preguntó la chica.

—Una periodista.

A la chica le cambió la cara.

—Oh, no, no me digas.

—Qué.

—¿Eres periodista?

—No.

—¿De qué la conoces, entonces?

—La verdad es que no lo sé. Estaba en una cafetería y se sentó a mi lado y, bueno. Estuvimos hablando y luego ella. Oh, bueno, no importa.

—¿Qué?

—Me besó.

—¿En serio? ¿Y era guapa?

Anita se incorporó en la cama lo justo para alcanzar su paquete de Sunrise. Sacó un cigarrillo y lo encendió.

—No —dijo Brandy.

—¿Y qué hiciste?

—Oh, bueno, pues. Me fui.

Anita sonrió.

—¿Y ella se quedó allí sentada?

—Oh, no, no sé. Yo me fui. Ella me dio su teléfono.

—¿Ah, sí?

—Sí.

—Interesante, cariño.

Brandy sonrió, la besó en la boca y dijo:

—La verdad es que no sé qué hago en esta ciudad.

—¿No eres de por aquí?

—No. Bueno, no exactamente.

—Entonces era cierto que no me conocías. —Anita le dio una larga calada a su cigarrillo. Tiró la ceniza bajo la cama.

—Sólo había oído hablar de ti. —Brandy se enredó los dedos en la melena revuelta de la chica y pensó que debía ser el tipo más afortunado de Welcome aquella mañana.

—¿Y qué hacías anoche en el Calvados?

—Había quedado con el Inspector.

Anita arrugó las cejas y exhaló una bocanada de humo.

—Soy detective. Detective privado. Vine a la ciudad para descubrir de dónde ha salido esa nave espacial. No tiene nada que ver con la publicidad. Probablemente venga de otro planeta.

—¿Estás diciéndome que me he acostado con un detective? —bromeó la chica.

—Oh, bueno, privado, sí —dijo él.

Ella se rio. Se rio durante mucho rato (JIOJIOJIO).

—Oh, es, es, es estupendo, cariño… Estupendo, de verdad. —Anita había apagado el cigarrillo en la mesita, justo antes del ataque de risa, así que encendió otro y continuó—: ¿Y sabes por qué es estupendo? Porque anoche estuve a punto de matar a una persona. Apuesto a que si lo hubiera hecho los titulares serían mejores de lo que son.

El periódico estaba a los pies de la cama. Damien se lo había traído hacía un par de horas. Las declaraciones de Marisa ocupaban la mitad de la portada. La otra mitad era para Londy Londy. Decían que podía tener algo que ver con la nave.

—¿A quién querías matar?

Brandy ni siquiera miró el periódico. Estaba un poco confuso. Bastante, a decir verdad. Había hablado de matar a alguien y no podía hablarse de matar a alguien delante de un detective, ¿verdad?

—A mi agente.

—¿Por qué? —Brandy trató de no parecer asustado, pero lo estaba.

—Oh, Bran, es una de esas historias demasiado largas. Pero podría resumirse en ese titular. Fíjate. Esa de ahí es mí mejor amiga, pero ahora todo el mundo cree que es mi novia. ¿Y sabes por qué? Porque Vandie la convenció.

—¿Quién es Vandie? —El detective cogió el periódico.

—Mi agente.

—¿Y qué gana con eso?

—Oh, Vandie está loca, Bran. Quiere que yo sea un planeta.

Brandy abrió mucho los ojos.

—Oh, sí, asusta, lo sé.

—Es extraño.

—Es estúpido.

—Bueno, sí, porque nadie puede ser un planeta, ¿no? —Brandy estaba confundido.

—¡Claro que no! Sólo que toma esas pastillas, ya sabes, Súper Ego, y no puede dejar de pensar en cosas estúpidas y de hablar de sí misma en tercera persona.

—¿Y por eso querías matarla?

—Anoche la despedí. Pero no quiere dejarme.

—¿No?

—Oh, cariño, odio mi vida, ¿sabes? Una cosa es que me guste cantar y otra muy distinta que quiera ser un planeta. Y Vandie sólo piensa en planetas.

—¿Y si fingías ser lesbiana podías llegar a ser un planeta?

—Oh, no, esa sólo era su última estupidez. Quería que abanderara la lucha por la abolición de los sexos. Decía que debía tratar de ser imprescindible para la humanidad, en todos los ámbitos, y que sólo así se decidirían a cambiar el nombre al planeta.

—Oh, Dios mío.

—Bienvenido a Welcome, el maldito centro del Universo.

Brandy hojeó el periódico. Se topó con un desplegable de Anita desnuda en las páginas centrales. Estaba boca arriba y parecía encogerse de frío, sonriendo.

—¿QUÉ ES ESTO? —preguntó el detective, enfadado.

—Oh, Dios. —Anita cogió el desplegable—. Otra idea de Vandie. Hizo que posara desnuda para el periódico. Publicaron un reportaje hace un tiempo. Pero, al parecer, se guardaron material. Esta foto es nueva.

—¿Qué clase de periódico es este?

—El Welcome Times.

Brandy no era un tipo celoso, de hecho, era la primera vez que se enamoraba, así que tampoco sabía bien cómo sentirse.

—¿Quieres que intente hablar con ella?

—¿Con quién? —preguntó Anita.

—Con Vandie.

Anita sonrió.

—¿Lo harías?

—Claro.

—Oh, Bran, eres un encanto, pero no tienes por qué hacerlo.

—Me gustas.

Anita, oh, la gran Anita Velasco, se sonrojó y casi dejó caer el cigarrillo y a punto estuvo de prender fuego a la cama y con ella, a toda la casa, poniendo fin así a su propia leyenda, y a la del triste y ardiente Brandy Newman.

—No quiero que lo hagas —dijo luego.

Y los grandes y oscuros ojos de Brandy Newman se entristecieron todavía más y Anita sintió que se le hacía jirones el corazón, porque a Anita no sólo le gustaba Brandy sino que estaba enamorándose, oh, sí, ella, que había jurado que nunca lo haría. Brandy la estaba volviendo loca, completamente loca. Tanto que a punto había estado de pedirle que la sacara de Welcome, que la llevara lejos, a su ciudad triste y sin teatros, dejaría de cantar, follarían a todas horas, harían un niño tras otro y luego harían niñas y serían todos tan guapos que ganarían premios de belleza cada año y vivirían felices y no comerían demasiado pero, para entonces, comer habría dejado de ser importante. Oh, sí, los demás mastican y tragan, pero nosotros nunca hemos sido como los demás.

—Escucha. Tienes que saber algo —dijo Brandy.

—¿Sí? —Anita detuvo el cigarrillo ante su boca.

—No soy Brandy Newman.

16

EL *WELCOME TIMES* PREPARA UNA EDICIÓN VESPERTINA

Arto México no era un mal tipo, pero podía ponerse realmente pesado cuando publicaba un artículo. Lo leía una y otra vez en voz alta. Lo leía hasta que se le secaba la boca. Luego lo colgaba de la pared, subrayaba las frases que creía más ocurrentes y se las leía al primero que pasaba junto a su mesa. Para Arto México, Arto México era el mejor periodista del mundo y no importaba que el periodismo hubiera dejado de ser lo que se suponía que era hacía mucho tiempo.

Así que, aquella mañana, la mañana en que Brandy Newman y Anita Velasco despertaron juntos, Arto México estaba leyendo su mitad de la portada y su par de páginas interiores. Clark trataba de no romperse un dedo escribiendo y Walken no podía dejar de comer cacahuetes. Clark pensaba que Walken creía estar masticando los huesos de Arto cuando comía cacahuetes y temía que se hiciera pedazos la dentadura. Hacía un ruido terrible. CRUC CRUC CRUC.

Sus dedos también hacían un ruido terrible (PA-PAPA-POUUM), pero qué más daba. Los dedos de un futuro Welcomitzer debían romperse una y otra vez, tantas como hiciera falta, porque un Welcomitzer era el DIOS de la NOTICIA y debía colgar de la cruz como lo había hecho aquel tipo de la barba y quizá luego fundar una religión, como había hecho aquel otro tipo de la barba.

—¿Qué te parece, Clark? —Ese era Arto, blandiendo su par de páginas.

Clark fingió no haberlo oído. Se concentró en el tec-tec-tecleo.

—¿CLARK?

—¿Eh?

—¿No me oyes?

—¿Qué?

—¿No me has oído?

—No.

—¿No?

—Todos te hemos oído, Arto —dijo Walken—. Llevamos TODA LA MALDITA MAÑANA oyéndote. Y te agradeceríamos que nos dejaras trabajar.

Arto arrugó la boca. Clark creyó que se había tragado el cigarrillo. Pero no, ahí estaba. El jodido humo.

—¿Estoy hablando contigo, Walken? —preguntó.

—No. Estás hablando contigo, Arto —dijo Walken—. Y los demás no tenemos más remedio que escucharte.

De nuevo el cigarrillo pareció desaparecer. Arto se dio media vuelta y miró a Linda. Le preguntó:

—¿Has oído eso, pequeña?

—Sí.

—¿Y qué opinas?

—Creo que Walken tiene razón.

Clark sólo lo sospechaba, pero era un hecho que a Linda le gustaba Walken y que habían salido un par de veces. Pero nadie más que el orondo *maître* del Calvados lo sabía. Él y el terciopelo rojo del reservado número tres.

—¿Ah, sí? —Arto miró a Walken. Dijo—: ¿Qué demonios está pasando aquí?

—Aquí no pasa nada, Arto —dijo Walken.

—¿Nada? —Arto se puso en pie. Tiró su par de páginas contra la ventana. Se encaró con Walken. Arrugó su paquete de cacahuetes—. ¿Seguro, Wal?

—¿Qué demonios te pasa? —Walken se puso en pie.

—No. A mí no. Qué te pasa a ti, grandullón. A ti —dijo Arto, dándole palmaditas en el pecho—. Qué te pasa a ti. Yo estoy bien. Estoy estupendamente, Wal. Pero tú no. Tú sabes quién fue tu padre y quién serás tú y no te gusta y por eso comes está mierda y llevas ESTA corbata (oh, sí, Arto tiró de la corbata de Walken y le hizo una señal en el cuello) y a lo mejor hasta crees que puedes follarte a mi novia pero no tienes ni idea. No señor, no tienes ni idea.

Walken había cerrado los ojos. Estaba contando hasta diez. Contaba hasta diez y luego volvía a contar hasta diez. Así: Uno, dos, tres, cuatro, seis, diez. Respiraba hondo, pulmones arriba y abajo, y pensaba en las piernas de Linda, la boca de Linda, los brazos de Linda, oh, abrázame, cariño. Abrázame porque estoy triste.

—Chicos.

Fred Ladillo se acercaba, decía CHICOS como si estuviera en un spot publicitario. Su cantinela era estúpida pero tranquilizadora.

—Problemas, Fred —dijo Clark, poniéndose también en pie.

—Problemas, sí —dijo Fred, sin advertir lo poco que separaba a la corbata de Arto de la de Walken—. Quiero a uno de vosotros en la calle.

—¿Cómo?

Ese era Arto, dirigiéndose a Fred, que acababa de sentarse en la mesa de Linda. Linda se había levantado para hacerle sitio. Fred solía desorientarse y acabar sentado en la silla de su secretaria.

—Tenemos dieciséis suicidios, diez manifestaciones y una revuelta periodística —dijo Fred.

Estaba ordenando los cajones de Linda. Fred solía hacer ese tipo de cosas.

—¿Qué? Ese era Walken, abriéndose paso hasta la mesa de Linda.

—¡Oh, maldita sea! Todo esto es demasiado complicado. ¿Qué podemos decir? ¿Qué podemos hacer? Dios ha llamado. Quiere que salgamos en edición vespertina con una foto de la periodista. Y no sé cómo. Oh, chicos, no sé cómo vamos a hacerlo.

—¿Quieres tranquilizarte, Fred? —Linda estaba mordiéndose una uña. Linda tenía un problema con el suicidio.

—Sí. Está bien. Sentaos. Sentaos y os lo explicaré. Pero quiero un voluntario para salir a la calle. Oh, demonios, os necesito a los cuatro. Quiero que los cuatro estéis en todas partes. Quiero que. Está bien. Escuchadme.

Fred habló y habló. Dijo que Lu Ken se había rebelado contra su cabecera y que había desencadenado una especie de pandemia. Adolescentes de todas las clases estaban diciendo adiós a sus ositos de peluche y tirándose por el balcón. Lu Ken había revelado una verdad y, ¿quién quería oír la Verdad? Por lo visto, nadie. Así que, Chicos, os lo he dicho un millón de veces: la Verdad mata.

—¿Qué fue lo que escribió? —preguntó Clark, interesado.

Fred revolvió en los papeles que había traído consigo y que ahora inundaban la mesa de Linda y le alcanzó un ejemplar de *Malas Lenguas*, la única revista diaria de la historia de las revistas.

—Pedro Juan es el protagonista de *La quería porque era mía*, una telenovela de 1984 que está reponiendo desde hace un par de años el *Welcome Te Ve*. El inesperado éxito de la serie obligó en su momento a la revista a resucitar a sus protagonistas. —Fred señaló a Julieta Manía—. Hace aproximadamente un año publicaron su primera exclusiva sobre Pedro Juan, justo cuando se cumplía el primer centenario de su muerte. Oh, sí, murió joven. Por aquel entonces también hubo suicidios.

—¿Eso es lo que ha escrito? —Clark estaba realmente preocupado.

—Sí. Lu ha explicado la verdadera historia de Pedro Juan y las chicas han salido a la calle. Amanda Arden está en el hospital. Le ha dado un ataque al corazón. Ha estado a punto de arrancarle una oreja a un empleado. El empleado también está en el hospital. Uno de vosotros irá a hablar con él. Otro buscará a Lu Ken. Arto seguirá con el asunto Londy. Y quiero que tú, Linda, te hagas pasar por una de esas fanáticas. Quiero un reportaje de ambiente. Recordad que tenemos edición vespertina.

—¿Quieres todo eso para antes de las tres? —preguntó Linda.

—Sí —dijo Fred, cerrando de golpe los tres cajones del escritorio de Linda.

—¿Pero vamos a hacerlo, DE VERDAD? —preguntó Clark, sorprendido.

—Sí.

—¿Por qué? —Ese era Walken.

—Porque Dios quiere que lo hagamos. Ha llamado hace un rato. Dice que quiere saberlo todo. Dice que quiere saber LA VERDAD.

En realidad, Dios había dicho: Haced algo.

Dios llevaba un tiempo pensando en cerrar *Malas Lenguas*. No podía soportar a Amanda Arden, pero sabía que tenía que hacerlo si quería que Claudio, el estúpido de Claudio Arden, continuara dejándole hacer en Welcome lo que quisiera. Dios intentaba pensar en Amanda como en un moscardón gigante que daría vueltas a su alrededor hasta que decidiera alzar la mano y matarlo.

Y, oh, sí, alguien, esa tal Lu, había estado a punto de conseguirlo. Había alzado la mano y, ZAS, Amanda Arden había caído. Pero ¿por qué?, ¿cómo?, ¿qué era lo que tenía que hacer Dios para que el manotazo pareciera un accidente?

Era por eso que Dios había añadido: Quiero saber la verdad.

—¿Y qué ha dicho Poc? —preguntó Arto, sorprendido.

—Poc dice que Dios manda y que si quiere la verdad tenemos que conseguírsela.

—¿Y cómo vamos a hacerlo? —Linda se estaba quedando sin uñas que morder.

Fred la ignoró. Se miró el reloj, le dio dos vueltas en la muñeca y dijo:

–Son las doce. A las tres quiero cuatro páginas. Clark, tú buscarás a Lu Ken, y tú, Walken, irás al hospital.

–¿Y si no encontramos nada? –preguntó Clark.

–Lo encontraréis.

Fred se puso en pie. Linda se hizo a un lado. Fred le dio una palmadita en el hombro, dijo Buena chica. Linda intentó sonreír, pero estaba demasiado nerviosa para controlar los músculos de su cara. Linda no sabía escribir noticias, Linda sólo sabía inventar noticias.

¿Cómo demonios voy a salir a la calle y voy a volver con una noticia? ¿Cómo voy a saber lo que es noticia? ¿Dónde está mi grabadora? ¿Para qué la quiero? Oh, Dios, ¿para qué quieres la VERDAD?

–¿Para qué? –preguntó, en voz alta.

Pero ninguno la escuchó. Todos estaban pensando en sus grabadoras y en lo que se suponía que tenían que hacer. Todos menos Arto México. Arto México se sentó a su mesa y encendió un cigarrillo. Abrió el periódico y empezó a leer. En voz alta.

17

BUSQUEN Y CAPTUREN A LU KEN

La chica olía realmente mal. Peor que un zapato descompuesto. Estaba sentada en una llamativa silla de ruedas y parpadeaba de vez en cuando. El chico no era nada del otro mundo. Sonreía mucho. Sonreía cada vez que Lu cambiaba el cruce de piernas. Sonreía cada vez que la chica levantaba el brazo derecho. Decía: ¿Es un buen método, no cree? Y Lu decía: Oh, sí, estupendo. La chica no decía nada porque ni siquiera era una chica. Era un amasijo de vendas.

El Plan W, de *Welcome Times*, estaba en marcha. Lu había escrito aquel artículo (Lu podía escribir cualquier cosa, nadie leía los textos de Lu antes de que se publicaran) con el fin de llamar la atención del equipo de investigación del WT, y ahora Amanda estaba ingresada. Le había dado uno de sus ataques. Ginger acababa de llamarla.

—¿Ha hecho daño a alguien? —le había preguntado.

—Oh, sí. Bobo también está en el hospital.

Así que Bob había abierto el pico. Bobo había dicho:

—Fue Lu.

Y Amanda había intentado arrancarle una oreja. Eso acababa de decirle Ginger. También le había dicho que había tenido que llamar a la policía. Oh, no, más bien había dicho que la policía se había presentado en la revista aquella mañana, con una orden de búsqueda y captura firmada por el mismísimo Claudio Arden. La orden decía: «Busquen y capturen a Lu Ken, responsable por el momento de dieciséis suicidios y una protesta multitudinaria que no parece tener fin».

Oh, sí, claro, y de paso, ¿por qué no me pasan la cuenta de las lágrimas que todas esas estúpidas están derramando sobre mi maldito artículo? El Plan W está en marcha, sí, pero, oh, Dios mío, ¿y si acabo en la cárcel?

–¿Señorita? –Ese era el chico que sonreía mucho.

–Oh, sí. Perdonen. Estaba diciéndome usted que. ¿Qué decía?

–Oh, sólo quería saber si conoció usted a Rondy Rondy.

–¿Rondy?

–Ya sabe. El escritor.

–Ah, sí. Rondy. Bueno. Sí. Supongo que debí entrevistarle.

–¿Lo entrevistó usted?

–Claro.

–Oh, vaya. ¿Conoció usted entonces a Ron Clelon?

–No.

–Oh, vaya.

–¿Qué? ¿Debería?

–Bueno. Era el mayor experto en Rondy Rondy de la ciudad.

–Vaya. Qué interesante.

Lu empezaba a impacientarse. ¿Qué se supone que estás haciendo aquí? Conseguir una exclusiva. Recuerda. El Plan W. Pregunta. Anota. Sal de aquí.

–Era mi padre, ¿sabe? –El chico seguía con lo suyo.

–¿Puedo preguntarte algo, cielo? –Lu miró al amasijo de vendas–. ¿Viste morir a alguien aquella tarde en el CC33? Sé que es algo que probablemente. Oh, vaya, ¿eso es que sí? ¿Viste morir a alguien? Sí, eso es que sí.

–Brazo derecho es sí –dijo el chico–. Es un método estupendo.

El amasijo de vendas le miró como si pudiera hacerle pedazos con sólo pensar en natillas de cereza. Pero no ocurrió nada. El tipo sonrió.

—Bien. Puedo escribir eso. Dime si me equivoco. Estabas en la puerta del CC33 y, de repente, bum. No había nada. Más bien, fuego. Había fuego por todas partes y la gente ardía. La gente ardía a tu alrededor, ¿no? —Brazo derecho—. Sí, eso es. La gente ardía. Estás comprando calcetines de colores y de repente estás ardiendo y los calcetines también. Bien. Puedo escribir eso.

Los fabricantes de agendas de teléfonos viven de periodistas como Lu Ken. Todos aquellos que alguna vez se han preguntado para qué se necesitan tres páginas por letra, deberían conocer a Lu Ken. Lu Ken tiene tres agendas repletas de números de teléfonos y un cajón de su escritorio lleno de tarjetas de visita. Lu Ken puede descolgar un auricular en cualquier parte del mundo y llamar a cualquier otra parte del mundo y siempre habrá alguien al otro lado que diga:

—Oh, querida, cuánto tiempo. ¿Cómo estás?

Así que, después de escribir aquel artículo sobre Pedro Juan (oh, sí, Lu había desatado una revolución, la Revolución Julieta, porque todas esas niñas, adolescentes y mujeres reunidas alrededor de una reproducción tamaño natural de Pedro Juan en papel de pulpa de celulosa, todas esas estúpidas que gritaban y rezaban y lloraban por un tipo que no era más que una fotografía y un montón de fotogramas, habían dejado de ser de carne y hueso hacía mucho tiempo, eran fantasmas acostumbrados a esperar para sentarse en la única silla ocupada de un salón desierto), Lu había abierto su agenda de teléfonos y había llamado a Rosa Uveeme, jefa de prensa de la Unión Hospitalaria de Welcome (de la que sólo era miembro el complejo sanitario Futuro Interrumpido). Y, aunque no estaba autorizada a hablar sobre el asunto, Rosa le había dado a Lu el número de teléfono de la única superviviente de la masacre: Doña Momia.

El resto sólo había sido un desayuno frío en la mesa de la cocina-comedor-dormitorio de Lu Ken y la llamada de Ginger Ale. Porque no importaba que fuera sábado, Ginger Ale trabajaba de lunes a domingo por un ridículo puñado de uves.

—Por cierto, ¿han oído ustedes hablar de mí hoy? —preguntó Lu.

La chica, Sarah Doña Momia, ni siquiera se dignó a contestar. Ron, el chico que no hacía más que sonreír, dijo que no.

—Probablemente lo harán.

—¿Por qué? —Ron parecía divertido.

—¿No han oído hablar de suicidios?

El chico arrugó su única ceja.

—Es por Pedro Juan. Un actor. Lleva muerto un siglo, pero las chicas creen que está vivo. Bueno, ya no. Ayer escribí un artículo y conté la verdad. Y ahora me están buscando. Quieren hacerme responsable de todos esos suicidios.

Sarah Momia dio un respingo en su llamativo asiento (o a Lu le pareció que lo daba) y Ron se puso en pie.

—Bueno. Quizá debería. Oh, no sé. —Volvió a sentarse.

—Entiendo que se asuste. No se preocupe. Me iré enseguida. —Lu se levantó de su silla—. Sólo les pido que no llamen a la policía. Ustedes son los únicos que saben de qué hablo. La ciudad está retirando cadáveres de un centro comercial calcinado y diciendo que los muertos están preparando una serie de televisión. Ustedes deberían entenderme. Todas esas chicas estaban enamoradas de un tipo que lleva muerto un siglo.

—Ya. Entendemos. Pero. Ese no es asunto nuestro.

Ron volvió a levantarse. Se rascó la barbilla. Se miró los zapatos.

—Lo sé. Supongo que tengo que irme.

—Sí —dijo el chico.

Pero entonces la chica levantó las dos manos.

—¿Qué pasa? —preguntó Ron.

Ella dijo: MMMMMMMMMMMM.

Ron miró alrededor. Dio con el lugar al que parecía señalar Sarah y dijo:

—La televisión.

—Oh.

Ahí estaba. La rubia y explosiva Lu Ken, sentada a su mesa, sonriendo como lo haría un culpable encubierto. Una voz en off decía que las autoridades la buscaban para hacerle unas preguntas respecto a un artículo aparecido hoy en bla bla bla.

—¿Es usted? —dijo Ron.

—Acabo de decírselo.

Ron pensó en Rondy Rondy y en su padre, Ron Clelon. Se preguntó que habrían hecho en su lugar. Oh, tienes en casa a una fugitiva, pero una fugitiva que dice haber dicho la verdad y que algunos quieren ver entre rejas, puede que hasta bajo tierra, sólo por haber dicho la verdad. La habrían ocultado. Su padre y Rondy Rondy la habrían ocultado. Dios mío, Ron, ¿cómo puedes andar pensando en ese tipo de cosas con Sarah convertida en Momia? Puede que sean esas pastillas. Pastillas para detectives.

—Está bien —dijo, al rato, Ron. Lu ya había recogido sus cosas y se había puesto el abrigo—. Puede quedarse. No llamaré a nadie.

18

LA INCREÍBLE CHICA SONRISA
TIENE UNA IDEA

Ginger Ale tomaba dos pastillas para no dejar de sonreír antes de salir de casa. Daba los buenos días a sus tres ratones, cogía uno de los libros de Eduardo, y le decía adiós a su comedor. Bajaba por las escaleras, cruzaba la calle, entraba en una cafetería y pedía un zumo de plátano con chocolate y tres galletas. Entonces abría el libro y empezaba a leer. La interrumpía el camarero, que tenía un lunar en la barbilla y los ojos azules, y Ginger no podía volver a concentrarse. Así que se bebía su zumo de plátano, lo pagaba, y salía. Ginger no era demasiado lista.

Hacía un par de semanas que salía con Eduardo. Eduardo era un buen chico pero leía demasiado. Y Ginger no había comprado un libro en su vida. Ginger sólo compraba pastillas para no dejar de sonreír, ropa, relojes y zapatos. Pero Eduardo, el bueno de Ed, le gustaba, y tenía miedo de que se cansara de ella después de, oh, ya saben, así que se había propuesto ser una de esas chicas raras de las películas: se había plantado ante la estantería de los libros de Eduardo y había cogido uno.

—¿Te gusta Ando Abando? —había preguntado Ed.

—Oh, sí —había dicho ella.

—Oh, vaya. Este es un buen libro —había dicho Ed.

Así que ella se lo había metido en el bolso y se lo había leído. Hacía apenas dos días que lo había acabado, lo había devuelto a la estantería y había cogido el siguiente. Ando Abando le pareció un tipo demasiado listo. Sólo hablaba de sí mismo. Se acostaba con chicas de todos los colores y a veces también con chicos blancos. Y, cuando se encontraba a un tal Bret Bord, se ponía a hablar del sentido de la vida y todo eso.

—Oh, ¿por qué no te callas, quieres? —le había dicho alguna vez Ginger.

Y el tipo, por supuesto, no había dicho nada.

Pero Glenda no era así. Glenda era la protagonista del segundo libro. Glenda era un poco estúpida, pero a Ginger no se lo parecía. Los demás decían y hacían cosas que ella no podía entender y a menudo se reían de ella, pero a Glenda no le importaba porque tenía una libreta y escribía y cuando escribía era la Reina, se llamaba a sí misma Reina y decidía quién se enamoraba de quién y quién se reía de quién.

Era muy divertido.

Ginger no sabía escribir como los escritores, pero pensó que Glenda tampoco y lo hacía de todas formas, así que se compró una libreta y la guardó en el bolso, junto al libro de Glenda Ale. Ed va a pedirme que me case con él cuando se entere de lo que hago, pensó. Le diré que escribo como Glenda Ale y que.

—¿Señorita?

—¿Mm?

Ginger sonreía detrás de su mostrador. El zapato viejo que San Mel tenía por nariz husmeaba entre el montón de revistas que guardaba en uno de los cajones de su mesa. Decía, Uhm, Uhm, Uhm, y luego:

—¿Señorita?

—¿Mm?

—Ese tipo negro nos ha dicho que usted sabe dónde está esa, esa, esa.

—Lu Ken, señor. —Ese era Jon Dando. Jon Dando era el mejor ayudante con que un tipo como San Mel podía soñar.

—Esa Luken —dijo San Mel.

—¿Quién?

San Mel plantó sus manazas sobre el mostrador (PLOM). Miró a Jon. Dijo:

—¿ES QUE ES ESTÚPIDA?

Ginger Ale sonreía.

—Creo que sí, señor —dijo Jon, en un susurro, junto a la oreja del gigante.

—OH, DIOS MÍO —dijo San Mel y le dio un puñetazo al teléfono que había sobre el mostrador.

El teléfono salió volando y se estrelló contra la pared. Ginger se agachó y cerró los ojos. El teléfono le peinó el flequillo.

—¿San Melbourne? —¿No ves que estoy ocupado, estúpido?

—¿ssííí? —San Mel se dio medio vuelta con el puño todavía cerrado.

—Soy, eh, soy Clark Roth, del *Welcome Times* —dijo Clark, extendiendo su mano derecha.

El gigante le miró de arriba abajo antes de deshacer el puño y estrechársela.

—Creo que no llega en buen momento, chupatinta —dijo San.

San solía llamar así a los periodistas. San no había abierto un diccionario en su vida.

—Oh. Lo siento, señor Melbourne.

—San. San Melbourne.

—San. Señor San Melbourne.

—San, sí.

Clark no tenía mucha paciencia. Especialmente aquella mañana. Había olvidado sus pastillas Notabaco en casa. Dijo:

—Me gustaría hablar con la señorita.

San Mel miró a Jon.

—¿Quiere hablar con la estúpida?

Jon asintió. Clark se estaba despellejando el pulgar derecho (RAM RAM).

—¿Quiere usted hablar con la estúpida? —le preguntó directamente a Clark.

—Sí —dijo él, porque no podía decir nada más. ¿Qué puedes decirle a un gigante que ensaya sus preguntas? Oh, Sí, No, ese tipo de cosas.

—Está bien. Inténtelo.

San Mel sonrió. Recostó sus pulgares en sus tirantes. Un par de tirantes oscuros que hacían juego con sus zapatos Payaso de Luto.

Clark se abrió camino hasta el mostrador. Al otro lado, una chica de ojos negros sonreía. Era rubia y tenía los labios muy rojos. Clark imaginó todo tipo de cosas. Oh, aquellas malditas pastillas. Luego dijo:

—Buenos días. Soy Clark Roth, del *Welcome Times*.

La chica sonrió. Dijo:

—Hola. —Alargó su mano derecha (oh, sí, uñas rojas)—. Yo Ginger Ale.

—Bonito nombre —dijo Clark.

La chica sonrió. Clark pensó que quizá, puede que, ¿y si la invitara a cenar y luego intentara…? Oh, no, esta noche, no. Esta noche tengo que.

—Gracias —dijo la chica—. ¿Quiere algo?

Clark carraspeó. Quería cosas. Sí. Quería hacerle cosas. Aquellas pastillas querían que le hiciera cosas. Pero no. Clark tenía que preguntar y luego tenía que volver a escribir y.

—Bueno. Sí. Me gustaría, eh, me gustaría hacerle unas preguntas.

—¿Preguntas?

—Sí. Sobre, eh, sobre Lu.

—¿Sobre Lu?

La chica miró por encima de su hombro. Clark se dio media vuelta. San Mel y su ayudante estaban tirando carpetas al suelo. Revolviendo cajones. Hacían pedazos todo lo que encontraban. Esto y aquello y también lo otro. Clark volvió a mirar a Ginger. La chica sonreía, con los ojos muy abiertos, inclinada hacia delante, esperando.

—Sí —dijo Clark—. Sobre Lu.

—No quiero que Lu vaya a la cárcel.

—No tiene por qué, eh, no tiene por qué ir a ningún sitio.

—Ese hombre dice que sí. —Ginger miró a San Mel.

Clark no podía dejar de mirarla. Se estaba preguntando cómo era posible que hablara sin dejar de sonreír. ¿Puede alguien hacer eso? ¿Y si fuera, eh, y si fuera como en esas historietas? La Chica Sonrisa. La Increíble Chica Sonrisa.

—Oh. Bueno. Nadie puede ir a la cárcel por decir la verdad —dijo Clark.

—¿No?

—No.

—Pero ¿y si dijera la verdad?

—¿Cómo?

—Quiero decir que, yo, que a lo mejor yo sé cómo.

—¿Cómo?

—Ese hombre. —Ginger señaló a Pedro Juan. Había un muñeco de cartón junto al mostrador y el muñeco era de Pedro Juan. Tamaño natural. Un poco más alto que Clark. La chica añadió—. A lo mejor yo sé cómo.

—¿Qué sabe? —Clark seguía concentrado en su sonrisa. Parecía un tatuaje.

—Si ese hombre fuese de verdad, Lu habría mentido y entonces, entonces no iría a la cárcel y Amanda no querría hacerle daño. Si fuese de verdad Lu podría volver a casa.

Clark sabía que Lu Ken no estaba en casa porque era el primer lugar en el que la había buscado. Y sólo había encontrado un par de coches patrulla. Pero ¿qué demonios decía de hacer DE VERDAD al tipo en cuestión? Pese a todo, dijo:

—Seguramente.

—¿De veras lo cree usted?

—Claro —dijo Clark.

—Iremos a verle entonces. —La chica se puso en pie.

—¿A quién?

—Usted es periodista —dijo ella, se dio media vuelta, cogió su abrigo y un bolso enorme, y salió de detrás del mostrador.

¿Se suponía acaso que iban a algún sitio? Oh, sí, puede que, eh, puede que yo también, eh, puede que yo también le guste y quiera que hagamos cosas. Clark se mordió el labio. Le dio al pulgar (RAM) y preguntó: ¿Me lleva a ver a Lu?

La chica dijo: No.

¿Entonces?

—Iremos a ver a ese hombre —dijo, y señaló a Pedro Juan.

—¿A ese hombre? —¡Ese hombre está muerto!

—Uno de verdad —dijo Ginger.

—¿Uno de verdad? ¿Uno cualquiera?

—Sígame —dijo Ginger.

Clark se dio media vuelta. San Mel y Jon Dando estaban en el despacho de Amanda. San estaba probando a estrellarse contra la pared. Abría mucho la boca. Puede que se estuviera riendo. O que estuviera gritando. No había manera de saberlo. Así que, está bien, lárguemonos de aquí, pensó Clark. Y entonces oyó a Ginger decirse:

—Glenda no está escribiendo esto pero yo sí.

Y preguntó:

—¿Quién es Glenda?

—¿Glenda?

—La he oído.

—Oh, no. No me ha oído.

—Ha dicho usted que...

—No he dicho nada.

Clark se encogió de hombros. Un segundo después, estaban en el ascensor. Tres minutos más tarde, Clark veía entrar el par de zapatos rojos de Ginger en su coche. Es fuera. En las afueras. Suburbios, dijo la chica. Todavía sonreía. Y estaba a punto de resucitar a un muerto. ¿Y si, eh, y si realmente fuese como en esas historietas? La Increíble Chica Sonrisa.

Clark arrancó.

19

PAMELA EN LUGAR DE FLEQUILLO

El complejo sanitario de Welcome estaba situado al sudeste de la ciudad y llevaba por nombre Futuro Interrumpido. La idea había sido de Claudio Arden, oh, sí, el magnífico alcalde de Welcome que, a aquellas horas, estaba volviéndose gris y granate, a consejo de un tipo al que había prometido algo que ya había olvidado. Antes de instalarse en El Rancho, Claudio Arden había sido Consejero Personal del anterior alcalde, don Manuel Gatopardo, fallecido en extrañas circunstancias hacía exactamente tres años, los mismos que Claudio llevaba en el poder. Pero eso al complejo sanitario le traía sin cuidado, porque se había inaugurado dos años antes de que el señor Arden se hiciese con El Rancho.

El complejo Futuro Interrumpido era un parque temático sanitario. Además de dar cobijo a cuatro mil cuatrocientos siete pacientes, el complejo disponía de atracciones para los más pequeños y espectáculos de todo tipo para el resto. Desde operaciones en directo hasta clases de anatomía con chicas y chicos de anuncio, pasando por capítulos de una presunta serie de hospital en directo y simulaciones en las que el visitante tenía la oportunidad de convertirse en médico, enfermera, paciente o director del hospital por un módico precio (bata incluida).

Walken no estaba ahí por eso, pero había tenido que pagar su entrada de todas formas. Treinta uves. Bueno, puede que más tarde se diera una vuelta por la cabina de operaciones. Era la primera vez que pisaba el complejo y se sentía como un niño ante un gigantesco paquete regalo. Había globos y manzanas de caramelo por todas partes. Los críos que se atrevían con la montaña rusa que rodeaba los dos edificios principales no dejaban de gritar. Los padres daban vueltas arriba y abajo y consultaban el manual de instrucciones que daban con la entrada. El de Walken estaba en el bolsillo derecho de su pantalón. Y su pantalón estaba junto al mostrador del edificio principal.

—¿Habitación seis nueve seis? —preguntó.

La chica dijo:

—Sexta planta.

Se dio media vuelta y buscó un ascensor. Encontró antes las escaleras. Empezó a subir. El teléfono sonó cuando todavía no había alcanzado el segundo peldaño. Walken le echó un vistazo. En la pantalla parpadeaba LINDA.

—¿Linda? —dijo, al descolgar.

—¡Ooooh, Walken!

—¡Linda!

—¡Sácame de aquí, Walken, por favor!

—¿Qué pasa?

—Oooh, lo he intentado, pero no puedo hacerlo. Hay demasiada gente y todo el mundo está gritando, y yo no sé qué hacer, no sé qué hacer, Wal, no sé qué hacer con la grabadora, no sé qué hacer con toda esa gente...

—¿Dónde estás?

—En, oh, ¿DÓNDE ESTOY? Oh, cariño, ayúdame.

—Linda, no puedo ayudarte si no me dices dónde estás.

—Estoy en, eh, estoy con todas esas chicas, están gritando, cariño, dicen que van a acabar con esa periodista... ¿Y si les digo que soy periodista y creen que soy ella? Oh, cariño, estoy MUY asustada.

—No te preocupes. —Walken trató de pensar en algo sencillo y rápido, algo sencillo y rápido (¡LO TENGO!)—. Haz una cosa. Anota lo que dicen esas chicas. Los gritos. Anótalos.

—¿Los gritos?

—Sí, cariño, anótalos.

—¿Y luego?

Los suspiros de Linda se estrellaban contra el auricular como se estrellan las gaviotas ciegas contra los barcos. Estaba demasiado nerviosa.

—Tranquila, cariño. Anota lo que dicen y luego fíjate en una de ellas. Fíjate en cómo viste, en cómo es, los años que tiene, todo eso. Anótalo también. Luego vuelve al periódico. Coge un taxi y vuelve al periódico.

—¿Puedo volver al periódico?

—Oh, claro que puedes, cariño.

—Oh, me muero por volver al periódico, Walken.

—Nos vemos allí en un rato, cariño.

—Sí. Nos vemos. Pero —oh— Walken.

—Dime, Linda.

—Voy a dejar a Arto.

Walken estuvo a punto de dejar caer el teléfono. Linda dijo:

—Voy a dejar a Arto esta noche.

—No tienes por qué hacerlo.

—Oh, sí, voy a hacerlo.

—¿Por qué?

—Te quiero, Wal. —Linda suspiró—. Nos vemos en el periódico.

Ya no había disparos contra el auricular. ¿Había estado realmente tan nerviosa? ¿Para qué demonios había llamado REALMENTE?

Walken había olvidado tomar sus pastillas. Walken tomaba pastillas naranjas y pastillas negras. Cada noche, antes de meterse en la cama, Walken solía registrar su casa. Buscaba cámaras. Walken creía que era el protagonista de uno de esos programas de vida en directo de los que uno no podía escapar a menos que descubriera el pastel. Y Linda muy bien podía tener que ver con el pastel.

—¿Linda? —inquirió.

Pero Linda ya no estaba. Había colgado.

El periodista se guardó el teléfono en el bolsillo y siguió subiendo. En el tercer piso se topó con una mujer. Una pamela roja le tapaba la cara. Apenas se le distinguía la barbilla. Estaba sentada en una silla, pintándose las uñas.

—¡OH!

Se asustó al verle. Se puso en pie. Derramó el pintaúñas.

—¡OH! —Se agachó a recogerlo.

—¿Le ocurre algo? —Walken se agachó junto a ella.

Rita, o la nueva versión de Rita (pamela en lugar de flequillo), levantó la vista.

—¿Quién es usted? —dijo.

—Walken Rambo, del *Welcome Times* —dijo él.

—Oh, vaya, perdone.

Rita se atusó la pamela. Se guardó el pintaúñas en el bolso (o lo que quedaba de él) y tiró un pañuelo de papel al suelo. Lo pisó.

—Creí que era ELLA. Me está persiguiendo, ¿SABE?

—¿QUIÉN?

—Amanda.

—¿Amanda Arden?

—Oh. ¿La conoce?

Walken carraspeó. Miró hacia arriba. Se fijó en las cuatro esquinas del techo. Ni rastro de las cámaras. ¿Cómo demonios están grabando esto?, pensó. Y dijo:

—Sí. La conozco.

—¿Y de qué la conoce?

Rita cruzó los dedos para que no dijera: Soy su novio. Oh, no, no puede ser, pensó. Es demasiado guapo.

—Bueno, en realidad no la conozco. Sólo quiero hacerle unas preguntas.

—¿Preguntas? ¿Qué tipo de preguntas?

—¿Quién es usted?

—Soy su, oh, bueno, soy. Soy una amiga.

—¿Y qué hace aquí?

—Me, oh, me estaba pintando las, ya sabe, las uñas.

—¿Necesita esconderse para pintarse las uñas?

Rita negó con la cabeza. ¿Qué demonios se supone que está pasando? ¿Quién es esta mujer? Está majara. Pero, oh, claro, debe tratarse de una escena importante. Eso es. Estamos apartados del resto de la gente. Segundo escalón, tercer piso, cámara cinco.

—Yo de usted no seguiría subiendo —dijo Rita.

—¿Ah, no? ¿Y qué haría?

—Oooh, jeijei, pues, jei.

—¿De qué se ríe?

—Oh, nada, jeijei.

—¿Está usted loca?

Walken se dio media vuelta y empezó a subir. Rita le siguió. Dijo: Oh, iré con usted.

Walken siguió subiendo.

—¿Sabe por qué llevo esta maravillosa pamela?

Uno, dos, tres, tres peldaños más, seis.

—Esa estúpida me dejó calva y Amanda ha estado a punto de arrancarme una uña. Cuando me ha visto entrar, se ha puesto hecha una fiera. Dice que yo tengo la culpa.

Siete, seis, cinco más y estaremos arriba. Oh, sí, quinto piso.

—Pero ¿cree usted que tengo la culpa?

Walken contaba escaleras. Doce, doce más y estaremos arriba. Once. Sí.

—¿Oiga?

Walken no contestó. Rita le tocó el hombro derecho.

—¿Oiga?

—¿Y ahora QUÉ? —Walken se dio media vuelta, enfadado.

—¿Cree usted que tengo la culpa?

—¿Qué culpa?

—Amanda dice que tengo la culpa. Dice que no debería haber salido a la calle. Dice que tengo el culo demasiado gordo. OH. Amanda dice muchas cosas. Dice cosas malas. Siempre. —De repente, Rita se echó a llorar.

Walken estaba buscando cámaras.

—¿Qué hace? —preguntó la sollozante Rita.

Walken se rindió. Dijo:

—Acompáñeme.

Cogió a Rita del brazo y abrió la puerta. Walken tuvo que mostrar su entrada a una de las enfermeras para que le dejara pasar al pasillo de los pacientes reales. Estaban rodando uno de aquellos capítulos ficticios. El protagonista era un crío de doce años. Se suponía que era el director del hospital y que hacía llorar a las enfermeras.

Walken no quiso saber nada más. Preguntó por la habitación seis nueve seis. La enfermera le dijo: Siga este pasillo. Está al fondo. A la derecha.

—¿Cree que debería entrar, querido? Esa era Rita.

—Haga lo que usted quiera.

—¿Usted qué haría?

—¿Si fuera usted?

Rita asintió, con los ojos todavía encharcados.

—Irme a casa.

Rita se restregó con cuidado los ojos. Luego dijo:

—Oh, no, querido. Le aseguro que si fuera yo no querría estar en casa.

—Es aquí.

—En casa no hay nadie.

Walken abrió la puerta. En la habitación había dos camas. Una era Amanda. Su blanca piel se confundía con las sábanas. Parecía estar dormitando.

Bobo levantó la vista. Walken le saludó. Dijo:

—Buenas tardes.

Amanda dio un salto en su cama.

—¿QUÉ TE HE DICHO, ESTÚPIDA?

—Oh, Amanda, querida, es sólo que…

Amanda se puso en pie. De un salto bajó de la cama. Intentó echar a andar hacia Rita pero había cables por todas partes y la máquina empezó a pitar (PEEEP-PEEEP) y las enfermeras tomaron la habitación, mientras Frente Peluda tiraba de los cables (VOY A MATARTE, ¡TE MATARÉ, ESTÚPIDA!).

—¿Ve lo que le decía?

Rita no parecía nerviosa, pero lo estaba. Intentaba sacar su pintaúñas del bolso pero se había enganchado con casi todo (lo había metido abierto). Por primera vez, Walken pensó que su vida era demasiado corriente para protagonizar uno de aquellos programas de vida en directo. Pero ella no. Ella era perfecta.

—¿Cómo dijo que se llamaba? —le preguntó entonces.

—Rita. Rita Mántel, querido.

Oh, sí. Hasta su nombre era perfecto.

Walken se sintió libre por primera vez en mucho tiempo.

20

ESCUCHA, FRED, TENGO UNA BOMBA

En el Suburbio Cinco no había ni un solo centro comercial. En el Cuatro tampoco. Ni en el Tres. En los Suburbios se habían construido sucedáneos de centros comerciales en los que apenas se podía comprar comida. Y eso era porque en los Suburbios no había tantas uves como en el resto de la ciudad. En el resto de la ciudad había en aquellos momentos noventa y siete centros comerciales, numerados, del uno al ochenta y tres (algunos eran la segunda y hasta la tercera parte de otros), y todos tenían exactamente el mismo tipo y número de comercios en su interior (a excepción de las segundas y terceras partes, a las que se les permitía tener las llamadas Tiendas Originales). Era por eso que el derrumbe del CC33 no había afectado ni a la vida ni a las costumbres de los habitantes de la gran Welcome, puesto que, un par de manzanas más allá, se alzaba el CC34, y un par más acá, el CC32. Tal vez si aquella chincheta amarilla se hubiese estrellado contra una de las segundas o terceras partes de cualquiera de los centros que las tienen, Ginger Ale y Clark Roth no habrían tenido que atravesar el Suburbio Cinco, ni que subir seis pisos de escaleras, ni que tocar uno de aquellos timbres de otra época.

Pero habían tenido que hacerlo.

Y en aquel momento se encontraban en la única estancia de un coqueto estudio en blanco y negro. Estaban sentados muy juntos en un sofá demasiado pequeño para ser un sofá. Clark estaba pensando en los tacones de Ginger, en sus piernas, sus labios, oh, esas malditas pastillas, tengo que dejarlas algún día. Un tipo daba vueltas alrededor de una mesa con un libro en la mano mientras otro les explicaba no sé qué de una promesa. La Increíble Chica Sonrisa le había dicho que el que no daba vueltas alrededor de la mesa se llamaba Pedro Juan.

—Es perfecto —había dicho Ginger.

Y Clark no sabía por qué era perfecto porque no recordaba la cara del verdadero Pedro Juan. El tipo que había puesto del revés las estadísticas de suicidios en Welcome tenía, al parecer, nariz de boxeador, mandíbula de tipo duro, anchos labios de chica, un par de gigantes ojos azules y un buen montón de músculos repartidos de la mejor de las maneras. Era moreno y de piel tostada. Pero Clark no podía recordar su aspecto exacto, así que tuvo que fiarse de Ginger.

—¿Crees que podrías hacerlo, Juan?

El tipo que daba vueltas con el libro en la mano había dejado de dar vueltas y estaba preguntándole algo al otro tipo, que, según La Increíble Chica Sonrisa, era su hermano.

—Lo haré si con eso consigo que ese maldito poli acabe entre rejas.

—Oh, ¡es estupendo, Ed! —dijo entonces Ginger—. Lu podrá volver al trabajo.

El tal Ed sonrió. Las gafas le resbalaron nariz abajo cuando lo hizo. Clark pensó en Luanne. Esta noche, Luanne, se dijo.

—¿Puedo usar su teléfono? —preguntó Clark. No solía llevar teléfonos encima.

—Claro —dijo Pedro Juan—. Está junto a la puerta.

Clark se puso en pie y se dirigió a la puerta. Descolgó y marcó el número de la redacción. Le echó un vistazo a su reloj: la una y media.

—*Welcome Times*, dígame —era Nona, la secretaria.

—Nona, soy Clark, pásame a Fred.

—Sí.

«Haz conmigo lo que quieras» era también la única canción que podía sonar en los hilos telefónicos de la ciudad. Clark la escuchó hasta que la voz de Fred le rescató.

—¿Clark?

—Fred. Escucha, Fred.

—Clark, ¿has visto qué hora es? Deberías estar, oh, Dios mío, ¿dónde estás?

—Escucha, Fred, tengo una bomba.

—¿Qué clase de bomba, Clark? ¿Tienes a Lu Ken?

—No. Algo mejor. Tengo a Pedro Juan.

—¿El muerto?

—¿Sí?

Fred dejó a un lado el teléfono y gritó: ¡DETENGAN ESAS ROTATIVAS! Fred era incapaz de aceptar que el viejo mundo del que había oído hablar a su madre y a su abuelo había desaparecido. De hecho, ya su madre y su abuelo habían sido incapaces de aceptar que el viejo mundo que sus padres y sus abuelos les habían metido en la cabeza había dejado de existir hacía mucho, mucho tiempo.

—Fred. Escucha. Escúchame, Fred.

—Sí.

—Dame diez minutos y estaré en el periódico con una fotografía.

—Los tienes. Pero, oye, ¿quién es ese tipo?

—Es un chico de los Suburbios. Trabaja para Claudio Arden. Es el limpiabotas de Claudio Arden. Y, bueno, dice que el alcalde ha cambiado de imagen. Y, agárrate, Fred, porque el chico está preparando una revuelta social. La I Revuelta Social de la Nueva Era de Welcome. ¿Crees que podríamos titularlo así? Pedro Juan prepara la I Revuelta Social de la Nueva Era de.

—¿Clark? Tienes nueve minutos.

—Sí.

—Es un buen tema, chico. Una auténtica bomba. Te quiero aquí en ocho minutos.

—Sí —dijo Clark.

Intentó colgar pero el teléfono se le cayó al suelo. Lo recogió. Colgó. Estaba demasiado nervioso. Necesitaba una de sus pastillas.

—Necesito esa fotografía y. Un vaso de agua —dijo, mirando a Ed.

—Claro —dijo Ed.

Pedro Juan se puso en pie y se sacó la cartera del bolsillo. Ed le sirvió un vaso de agua. Clark engulló dos pastillas. Pedro Juan le tendió una fotografía tamaño cromo. Clark le preguntó a Ginger Ale si creía que sería suficiente.

—Oh, sí. Lo será —dijo, luego miró a Pedro Juan, y añadió—: Todas esas chicas se van a volver locas por ti.

—Yo sólo quiero a ese poli entre rejas —dijo Pedro Juan.

—¿Recuerdas su nombre? —le preguntó Clark.

—No.

—¿Ninguno de esos chicos lo recuerda? —preguntó Ed.

—Los chicos tienen miedo.

—Pero lo reconocerían si lo vieran, ¿no? —quiso saber Clark.

—Sí.

—Entonces lo verás entre rejas —dijo el periodista, que, por primera vez, se sentía realmente periodista.

Y se sorprendió de que Fred no hubiera hablado de llamar a Dios. ¿Y si lo hacía de todas formas? ¿Y si Dios no permitía que su bomba estallara? Oh, oh, será mejor que me largue cuanto antes. Así que: Tengo que irme.

—Iré con usted —dijo Ginger.

—¿No te quedas? —preguntó Ed.

—Un momento. ¿Eso es que voy a salir en el periódico? —preguntó Pedro Juan.

—Sí —dijo Clark—. Esta misma tarde.

—¿Por qué?

Oh, Dios, ¿qué es, estúpido?

—Diremos que eres el Pedro Juan que buscan.

—Eh, no, tío. De eso nada.

—¿Cómo? —A Clark se le heló la sangre en las venas.

—¿No podéis llamar a ese otro tío?

—Juan. Está muerto —dijo Ed.

—¿Quién? ¿Ese tío?

—Sí —dijo Clark.

—¿Quién está muerto? —preguntó Ginger.

—Pedro Juan —dijo Clark.

—Oh, no. Está aquí —dijo Ginger, sonriente.

—Eso. Estoy aquí.

—No se refiere a ti —dijo Ed.

—Un momento. —Ese era Clark—. Tú, eh, Pedro. Escúchame. Escúchame bien. No pienso repetirlo. Tú no eres el Pedro Juan que está muerto. Es evidente. ¡Estás vivo! Así que, ¿qué demonios te pasa? ¿Quieres ver a ese poli entre rejas o no?

Pedro Juan fruncía el ceño. Movía la boca de un lado a otro, como si tuviera una pelota dentro. Estaba pensando. Pensaba: Mmmmmmmm.

—Porque si no quieres, me lo dices y me largo.

—No, no, eh, sí quiero.

—Está bien. Entonces déjame hacer a mí, ¿vale?

—Pero ¿qué le va a hacer? —preguntó Ginger. Fruncía el ceño y sonreía.

—Nada —dijo Ed.

—¿No?

Ginger y Ed se enzarzaron en una discusión estúpida. Clark aprovechó para salir. Se despidió de Pedro Juan y salió. Antes de hacerlo, le dijo:

—Esta tarde salimos con la revuelta y el alcalde no tendrá más remedio que meter a ese poli entre rejas.

—¿En serio?

Clark asintió. El chico le tendió la mano. Clark se la estrechó. El chico dijo:

—Es usted un buen tipo.

Y Clark estuvo a punto de estallar de emoción: UN BUEN TIPO.

21

MALDITOS CHUPATINTAS

Claudio Arden estaba jugando con sus muñecos sobre la mesa espejo de su despacho cuando Liz recibió la edición vespertina del *Welcome Times*. Jugaba a que la chica morena era Anita y a que él era el tipo alto que se atrevía a llevar corbata granate. Había hecho fabricar esos muñecos expresamente esa misma mañana. Liz los había encargado de urgencia a la Casa de Muñecas de Welcome a las nueve. A las diez y media, el par de estúpidos muñecos estaban sobre la mesa espejo del despacho del alcalde. A las once, Claudio había convertido su mesa en el salón principal del Palacio Claudio y Anita y él, o, mejor dicho, el par de caros muñecos que hacían de Anita y él, estaban bailando al compás de *Haz conmigo lo que quieras*. Ella le decía a él:

—Oh, querido, eres lo mejor que me ha pasado.

Y él le decía a ella:

—Te amo, pequeña.

Y se besaban. Sus bocas de plástico chocaban y entonces ocurría: Muñeco subía la falda de Muñeca y, allí mismo, entre el montón de asistentes, la hacía suya (oh, sí, TE AMO, PEQUEÑO, NO, NO PARES).

—¿Señor Arden? —¿QUÉ? Oh, vamos, saca esa mano de ahí, Claudio, es, es Liz. No, Liz, no es lo que parece, Liz, ¿Liz? Te dije: No molestar. Te dije NO.

Liz apenas había entreabierto la puerta.

—¿Sí? —dijo Claudio.

—Tiene que ver esto, señor Arden.

—Te dije, eh, te dije, Liz, que no quería que…

—Lo sé, señor alcalde, pero tiene que ver esto.

Liz abrió la puerta y le mostró un periódico. Claudio preguntó:

—¿Es el *Welcome Times*?

—Sí —dijo Liz, todavía desde la puerta.

—Oh, ya sé lo que vas a decirme, pero no, no te preocupes, Liz, Anita no es.

—No, señor alcalde. No se trata de Anita. Es —Liz se aproximó, sin permiso, dejó caer el periódico sobre la mesa y añadió— usted.

—¿YO?

—¿Recuerda al chico?

—¿Qué chico?

Claudio Arden cogió el periódico. Le echó un vistazo. El titular decía: Pedro Juan está vivo. ¿Quién demonios es Pedro Juan?, pensó, en voz alta.

—Es el chico que le limpiaba los zapatos —dijo Liz.

—¿En serio? —Claudio le echó un vistazo a la fotografía de portada—. No sé quién es. ¿Le he visto antes?

—Sí. Ayer mismo.

—Oh, vaya.

—Es el chico que le sugirió el cambio de imagen.

Claudio Arden no entendía las frases largas pero esa la entendió. El cambio. Sí. El chico. La corbata. Los muñecos. Anita.

—Ah, el chico, sí —dijo.

—¡SEÑOR ARDEN! —gritó San Mel. Acababa de irrumpir en el despacho. Su nariz deforme parecía echar humo. Dijo—: Tiene que salir de aquí.

—¿Cómo? —Claudio pensó: Oh, Dios mío, ¿y si es la corbata? ¿Y si ha sido eso?

—Le buscan, señor. —San Mel miró a Liz con los ojos muy abiertos.

—Un momento. —Claudio se pisó un pie y luego el otro—. ¿Por qué?

—Ese chico dice que… —empezó Liz.

—¡LOS SUBURBIOS QUIEREN SU CABEZA, SEÑOR! —acabó San Mel.

—¿Los QUÉ? —El alcalde enrojeció. Estaba tratando de quitarse la corbata.

—¡Oh, Mel, vas a asustarle! —dijo Liz, e hizo a un lado a San Mel, para ayudar al alcalde a quitarse la corbata.

—Oh, sí, gracias, Liz, gracias… —dijo Claudio.

—Señor, lo que pasa es que usted le dijo algo a ese chico y no lo ha cumplido. No pasa nada. El chico sólo quiere que cumpla su promesa. Cuando la cumpla le dejará en paz. Y no sólo eso, sino que puede usted conseguir nuevos votos en los Suburbios. Así que todo esto, en realidad, le beneficia.

—¿Me QUÉ? ¿Lo dices en serio, Liz?

—Claro, señor Arden. Usted cumple su promesa y el chico le votará. Y si el chico le vota (OH, DIOS, ¿QUIÉN LE HA HECHO ESTE NUDO?), el resto de los Suburbios también lo harán. Porque, dígame, ¿qué otro alcalde ha cumplido una promesa que haya hecho a los chicos de los Suburbios? En realidad, ¿qué otro alcalde ha prometido algo a (OH, SÍ, YA ESTÁ) toda esa gente?

Liberado de aquella maldita corbata, Claudio Arden se repantigó en su sillón y se quedó mirando la lámpara del techo con una mano en la barbilla. Oh, sí, se dijo. Estoy pensando. Y se supone que pienso que lo que dice Liz es bueno.

—¡SALGA DE AQUÍ! —gritó San Mel.

—¿QUIERES CALLARTE, MEL? —Esa era Liz.

Si hubiera tenido una pistola a mano habría disparado al techo. Probablemente a la lámpara que el alcalde miraba como si estuviera a punto de abrir la boca y darle un consejo. San Mel habría echado a correr y a Claudio Arden le habría dado uno de sus ataques.

—No puedo, Liz, el Inspector me ha dicho que.

—¿El Inspector? —Claudio Arden salió de su ensoñación.

—¿Por qué no llama usted a Dios? —Liz trataba de recuperar la calma.

—¿A Dios?

—¡VIENEN HACIA AQUÍ! ¡QUIEREN SU CABEZA, SEÑOR ARDEN!

—Mi cabeza —susurró, pensativo, el alcalde—. Sí, llamaré a Dios.

Liz le tendió el teléfono. Era rojo y muy grande. Tenía una rueda giratoria en el centro, como la habían tenido los teléfonos del siglo XX. Claudio descolgó y marcó el número de Dios. Nueve unos.

—Malditos chupatintas —rezongó San.

Acababa de echarle un vistazo al *Welcome Times*. Le preguntó a Liz quién era ese Pedro Juan. Liz se lo explicó. San no la escuchó. Repitió: Malditos chupatintas.

Claudio Arden estaba esperando a que Dios cogiera el teléfono. Su secretaria le había dicho que estaba reunido, pero él había dicho que era MUY URGENTE (sí, UN ASUNTO DE VIDA O MUERTE), y ella se había asustado. Entonces le había pedido que esperara. Había dicho: oh. Vaya. De acuerdo, señor. Espere.

Y ahora Claudio estaba oyendo a Anita cantar su canción y jugando con los pies de la muñeca que todavía estaba sobre la mesa, junto al teléfono. Pensó en la fiesta y a punto estuvo de darle uno de sus ataques: ¡LA FIESTA! ¡NO PUEDO IRME! ¡TENGO QUE BAILAR CON ANITA!, pensó, a gritos. Dios descolgó a tiempo de escuchar la última parte de su plegaria:

—Oh, debí imaginármelo. ¿Eso es un asunto de vida o muerte para ti, Arden?

—Oh, nononono. —Claudio se atragantó con su propia saliva. Tosió. Una, dos, tres veces, luego dijo—. Me están buscando, Rico.

—¿Quién? ¿Anita?

–No. Un chico. No sé qué chico. Un chico. Liz dice que le prometí algo y que no lo he cumplido y que si lo cumplo tendré los votos de los Suburbios.

–¿De qué demonios estás hablando, Arden?

–El Inspector dice que debería abandonar el país.

–¡TIENE QUE SALIR DE AQUÍ! –gritó San Mel.

–¿Quién está contigo, Arden? –preguntó Dios.

–Es ese policía.

–Ah, ¿el chimpancé?

–¡Oh, Dios! ¿QUÉ HAGO?

–Llamaré a Poc. Le diré que ha metido la pata.

–¿Quién es Poc?

–Poc es el *Welcome Times*.

–¿El *Welcome Times*?

–Escúchame, Arden. Lo único que tienes que hacer es encargar un traje nuevo a Rossi. Luego tienes que ponértelo y hacer que tu chófer te lleve al Palacio Claudio. Nos veremos allí. No te preocupes por ese chico. Llamaré a Júpiter. Se desharán de él.

–Pero ¿y los votos?

–¿Qué votos, Arden?

–Los votos, los votos de los Suburbios. Liz dice que si cumplo mi promesa.

–¿Qué promesa?

–Oh, no sé, creo que le prometí a ese chico que –de repente, un disparo: Claudio recordó la entrepierna desnuda. Pensó: el pervertido.

–Un poli pervertido.

–¿Cómo?

–Le prometí que. ¡Oh, ahora lo recuerdo, Rico! ¡Le prometí al chico que enviaría al poli pervertido a los Suburbios!

–Estupendo, Arden. ¿Quién es el poli pervertido?

Claudio le echó un vistazo a la lámpara. Luego miró a San. ¿San Mel? Tenía una mano en la bragueta. La subía y la bajaba.

–Creo que. Creo que. Creo que.

—¿Arden?

—Ahora no puedo hablar, Rico. Te llamaré más tarde. Nos veremos en la fiesta. Tengo que irme. Sí. Me tengo. Adiós.

Claudio colgó y se puso en pie casi al mismo tiempo. Liz le miró asustada. Preguntó:

—¿Va todo bien, señor?

—Oh, sí. Sí, todo.

—No tiene buen aspecto.

—Oh, es que. Verás, Liz. Tengo que. Tengo que irme.

—¿Dios le ha dicho que se vaya?

—No. Bueno, sí. No exactamente. Pero. Tengo que irme. Lo siento, Liz. Llama a Rossi. Dile que iré a verla. Que iré ahora mismo.

—¿Y el chico?

Liz había oído al alcalde hablar de un poli pervertido y temía que quizá, bueno, puede que San. ¿Has hecho algo malo, San?

—El chico. Bueno. Hablaremos del chico. El lunes. El lunes hablaremos de. A lo mejor mañana. A lo mejor sólo es un buen chico. No puedo. Tengo que irme.

—¡SÍ, SEÑOR! ¡TIENE QUE SALIR DE AQUÍ, SEÑOR! —gritó San Mel, de repente.

Había estado absorto en la contemplación de la muñeca que se parecía a Anita Velasco. Oh, sí, se había dicho. Imagina que se abre de piernas sólo para ti, San, oh, sí, SAN, QUERIDO, el único hombre capaz de hacerme feliz con ESA COSA ENORME. Oh, sí, no hubiese estado nada mal. Pero el alcalde había dicho que tenía que irse y San Mel había gritado y al alcalde había estado a punto de darle uno de sus ataques. Primero graznó y se puso la mano en el pecho. Luego estuvo tratando de no ahogarse durante más de tres minutos. Respiraba con dificultad y miraba al techo. Liz le dio una bofetada a su marido y luego intentó tranquilizar a Claudio, que no tardó en arrodillarse y pedir al Dios que no existía (encarnado por la misma lámpara a la que había pedido consejo unos minutos antes) que no le abandonara.

22

PONY CARO, ¿QUE CLASE DE NOMBRE ES ESE?

Mientras, el otro Dios, el Dios de Welcome, se paseaba de un lado a otro por entre los altos y delgados edificios de su maqueta a escala de la ciudad, esperando a que Poc descolgara. Había hecho salir a los tipos que se estaban encargando de construir el nuevo barrio pero no había conseguido quitarse de encima a Nancy. Oh, esa maldita cría me va a volver loco, pensó. La cría no hacía más que dar saltos sobre el mar. Estaba haciéndolo pedazos.

—¡EH, TÚ, MÍRAMEEE! —gritaba.

—¿Crees que puedo mirar otra cosa, pequeña?

Rico Imperio era el hombre más paciente de Welcome. Los amontonadores de estadísticas lo sabían bien.

—¿Sí? —Esa era la voz de Poc.

—POC. SOY DIOS —dijo Rico.

—AH, HOLA —dijo Poc.

—¿QUIÉN ES POC? —preguntó Nancy.

—¿NO ME HAS OÍDO, NANCY? —Ese era Dios.

—¿Cuándo? —preguntó la cría.

—Cuando te he dicho que me esperaras fuera.

—No.

—¿Y ahora?

La cría asintió. Dejó de saltar y salió.

—POC, ¿SIGUES AHÍ?

—SÍ, RICO, DIME.

—TUS CHICOS HAN METIDO LA PATA, POC.

—¿QUIÉN?

—FRED.

—OH, FRED.

—HAN PUBLICADO UNA HISTORIA QUE NO LES PEDÍ Y HAN DEJADO CON EL CULO AL AIRE AL IMBÉCIL DE ARDEN.

—VAYA. ¿QUÉ PUEDO DECIR? LO SIENTO, RICO.

—DEBERÍAS VOLVER, POC.

—LO SÉ.

—YO TAMBIÉN LO SÉ.

Al otro lado de la línea hubo un suspiro.

—¿LO SABES?

—SOY DIOS.

Silencio.

—¿ESTÁS ASUSTADO, POC? —preguntó Rico.

—NO DEBERÍAS SABERLO, RICO.

—TENGO MIS PROPIAS FUENTES. PONY CARO. PONY. ¿QUÉ CLASE DE NOMBRE ES ESE?

—NO LO HARÁS.

—HARÉ LO QUE CREA OPORTUNO, POC. —Dios bajó la voz y añadió—: Si lo que pretendes es suplantarme, no pienso ponértelo fácil.

—TE EQUIVOCAS CONMIGO, RICO.

Dios se rio. Tenía una risa inmensa (JOOU JOOU).

Poc colgó.

Dios sonrió. Dijo:

—Ahora ponme con el Inspector.

En la sala se oyeron los tonos de un teléfono. Rico Imperio seguía dando vueltas por su Welcome de juguete.

—¿DÍGAME?

—¿JUP?

—AH, HOLA, RICO.

—JUP, QUIERO QUE HAGAS ALGO POR MÍ.

—LO QUE USTED MANDE, SEÑOR.

—QUIERO QUE MATES A PEDRO JUAN.

—¿PEDRO JUAN?

—¿NO SE INFORMA USTED, INSPECTOR?

—CLARO —respondió Jup, dubitativo.

—ES EL CHICO QUE LIDERA ESA REVUELTA SOCIAL.

—OH, SÍ.

—ARDEN SE HA METIDO EN UN BUEN LÍO. TIENES QUE SACARLO.

—LO HARÉ.

—ESTUPENDO, JUP. SIEMPRE ES UN PLACER HABLAR CONTIGO.

—LO MISMO DIGO, SEÑOR.

A aquella hora, las calles de Welcome eran todavía un hervidero de compradores compulsivos. Todos querían estrenar algo aquella noche. Si lo hacían, sería como si les hubieran invitado a la fiesta. La Fiesta del Platillo Volante. Así la habían bautizado los creativos del CC49 y así la llamaba ya todo el mundo en Welcome.

—¿Crees que me quedará bien esto? —le decía una madre a su hija, mostrándole lo que parecía un pañuelo de piel de sapo.

—¿Y yo qué? —respondía la hija.

—Mírame.

—Mírame tú a mí.

—No está mal —dijo la mujer de la pamela rojo sandía.

—¿De veras lo crees? —preguntó la hija.

—Oh, sí —dijo Rita, quitándole el trapo de las manos.

—¡EH! ¡MAMÁ! ¡QUE ME LO HA QUITADO!

La madre no oyó a la hija, que empezó a dar botes por la planta de señora del CC49, y tiró uno, dos, tres, cuatro percheros repletos de vestidos de cóctel y desayuno, y tuvo que ser reducida por siete guardias de seguridad. La madre se enteró dos días después, cuando el novio de la chica llamó a casa y preguntó por ella.

—Creí que estaba contigo —dijo entonces.

La despistada madre era también madre de Sarah Du, más conocida como Doña Momia. Doña Momia ya no se preocupaba por su aspecto (al fin y al cabo, no era más que un montón de vendas), sólo pensaba en el tipo de la bufanda que había ardido junto a ella. El tipo no hacía más que repetir:

—¿Es esa mi bufanda?

Se le estaban derritiendo los zapatos, los zapatos y los pies, y él repetía:

—¿Es esa mi bufanda?

Y Sarah Du pensaba que prefería ser un monstruo a ser como ese tío. ¿Adónde crees que lleva eso? No tienes más que echarte un vistazo, se decía. Pero, a ratos, volvía a pensar en el tipo con el que había quedado aquella tarde. Y entonces pensaba, ¿y si era el mismo tipo? ¿Y si era el tipo de la bufanda?

Ron se estaba despidiendo de la periodista. Le estaba pidiendo que se quedara. Es pronto, le decía. Puede quedarse a ver la fiesta con nosotros, le decía. Ron babeaba. Estúpido, pensó Sarah. Y luego volvió a pensar en el tipo de la bufanda y en su cita de aquella tarde: ¿Y si realmente eran el mismo tipo?

23

LA CAMARERA ES LA CHICA DEL TIEMPO

El reportero de *Welcome Te Ve*, la televisión local de Welcome, parecía cansado. Ya no miraba a la cámara, simplemente dejaba vagar la vista a la altura de su nariz reflejada. Parecía estar mirando por encima del hombro del telespectador, de manera que no eran pocos los que se giraban a mirar el respaldo de su sofá o el cuadro que colgaba de una de las paredes del comedor, mientras trataban de enterarse de lo que estaba pasando con ese tal Pedro Juan. Maldito Pedro Juan, se decían muchos. ¿Quién demonios es ese tío?, se decían otros. La mayoría eran tipos poco adictos a la televisión. Entonces, casi siempre, una voz de mujer rompía el silencio y proclamaba: les está bien empleado.

Y los tipos arrugaban las cejas.

—¿El qué? ¿A quién?

—A todos esos tipos de la televisión. Y al Enano.

El Enano era, por supuesto, Claudio Arden.

Pero había quien conspiraba. Había quien pensaba que el asunto Pedro Juan no era más que una cortina de humo. Oh, sí, lo que quieren es que dejemos de pensar en la nave, quieren que olvidemos que existe, quieren sacarla de ahí cuanto antes y para eso tienen que lanzar el hueso bien lejos. Esa era Sally Menke. Sally Menke era la cabecilla del Movimiento Pro Conspiraciones Sociales (EMEPECOSO) y se encontraba en aquel momento junto a la nave. Había conseguido reunir a veinte conocidos. Sólo tres de ellos formaban parte del EME-PECOSO. El resto de afiliados se había unido a la marcha Pro Suburbios que recorría Welcome, puesto que todos ellos eran también simpatizantes del Movimiento Pro Suburbios (EME-PESUBU).

Pero volvamos a Charlie Corn, el reportero del *Welcome Te Ve*. En el momento en que Claudio Arden entró en el oscuro chalet en el que Rossi Mod había instalado su cuartel general, Charlie Corn entrevistaba a su enémisa fanática. Su enésima fanática pesaba doscientos seis kilos y no sabía sonreír. Decía que iba a casarse con Pedro Juan en cuanto toda esa locura hubiese acabado. Decía que Pedro Juan habían nacido para hacerla feliz y confiaba en que lo haría.

Charlie Corn reprimió una sonrisa maliciosa y dijo:

—Esperemos que así sea —y añadió—. Corta.

Despidió a la chica y se retocó el flequillo en el retrovisor de un coche azul. Le echó un vistazo a su reloj. Eran más de las ocho y media. Oh, joder, ¿qué hago aquí? Dolly había conseguido la fiesta y él tenía que conformarse con aquel montón de mierda. No es justo, se dijo. Dolores Rhampa es una estúpida engreída y yo no.

—¿Vamos a por ese tipo? —preguntó Andy.

—¿Eh?

—El tipo de la portada. Branco lo quiere para antes de las nueve.

—Oh, mierda, Andy, ¿quieres un trago?

—¿Y ese tipo?

—¿Crees que podemos alcanzarlo?

Andy miró alrededor. Preguntó:

—¿Qué coño te pasa?

—¿Que qué coño me pasa? ¿Qué te pasa a ti, Andy? ¡Me duelen los malditos pies! ¿Has visto qué hora es? ¡Son casi las nueve, Andy! ¿Es que no hay más tíos en este jodido canal?

Andy le echó un vistazo a su reloj de pulsera fluorescente.

—Eh, tío. Podemos hacerle un par de preguntas y largarnos. No quiero oír mañana a Branco. No me gustan los gritos, tío. No nos cuesta nada. Un par de preguntas.

—¿QUÉ? Pero, ¿te estás oyendo? ¡Esta mañana ni siquiera sabíamos quién era ese tío! Y ahora tenemos que perder el culo por ese tío. ¿Y por qué? Porque hay un montón de tías con complejos perdiendo el culo por ese tío. Así que, ¿qué dice eso de nosotros? ¡Que somos un montón de mierda, tío!

Andy apagó la cámara. La dejó en el suelo. Volvió a mirarse el reloj.

—¿Quieres que volvamos ya?

—NO. Quiero que tomemos un trago. Invito yo.

—¿Y la cinta, tío?

Oh, Dios, la cinta.

—Vuelve. Llévate la cinta. Diles que me he quedado de guardia. Tenemos la mini. Voy a tomarme un trago. Necesito un trago, tío.

Andy cogió la cámara. Se sacó las llaves del coche del bolsillo y dijo:

—Está bien, tío.

Charlie le acompañó al coche y recogió la minicámara. La minicámara no debía usarse por norma, sino sólo en casos de emergencia. Así que Charlie se despidió de su compañero y se metió en el primer bar que encontró. Resultó estar lleno de poetas muertos de hambre. Tres tipos le pidieron un par de uves antes de que la camarera tomara nota. Para entonces, Charlie ya estaba borracho de humo de cigarrillo verde. Decían que los artistas solían fumarlos. Cigarrillos verdes. Los llamaban Dementes.

—Eh, amigo, ¿tiene un par de uves? —El cuarto tipo.

—No —dijo Charlie.

—Gracias, amigo —dijo el tipo, que parecía haber comido por última vez en 1917.

Charlie le puso mala cara y sonrió a la camarera, que acababa de dejar sobre su mesa un dandy con hielo.

—Estupendo —dijo.

La chica sonrió.

—¿Sabe una cosa? Su cara me resulta familiar —dijo.

Tenía un lunar en la aleta izquierda de la nariz y tres pecas diminutas junto al rabillo del ojo derecho. Era rubia y, aunque demasiado delgada, bonita.

—¿Yo? No.

—¿Le he visto en televisión?

—Eeeh, bueno. Puede.

—La verdad es que me recuerda usted a alguien que conocí en televisión.

—¿En televisión? ¿Usted?

—Sí. Oh. Yo antes… No importa.

La chica volvió a sonreír.

—¿Trabajaba usted en televisión?

Charlie se bebió la mitad del brandy del primer trago. Para cuando la chica contestó, empezaba ya a sentirse mareado.

—Oh, bueno, sí.

—¿En televisión? ¿En serio?

Charlie se sintió un muñeco de trapo en manos de un ventrílocuo sin guion, ¿puedes volver a repetir eso, chico?

—Oh, sí. Quizá me recuerde usted. Era La Chica del Tiempo.

—¿La Chica del Tiempo?

—¿Recuerda aquel concurso?

—¿Cuál?

—La Chica del Tiempo.

—Oh, sí —por supuesto, Charlie no lo recordaba.

Si Charlie tuviera tiempo, lo último que haría con él sería ver la televisión.

—Bueno. Pues. Aquí me tiene. Yo gané aquel concurso.

—¿En serio?

La chica asintió. Volvió a sonreír. Como una niña de tres años.

—Oh, vaya, ahora que lo dice usted, quizá me suene su cara.

Charlie se bebió el resto del dandy. Pensó: Oh, bueno, quizá el día acabe bien, después de todo.

—¿De veras? —preguntó ella, ilusionada.

—Sí, sí. ¿Puede traerme otro dandy?

—Claro —dijo la chica.

Se fue y no tardó en regresar con otro combinado. Charlie se sintió afortunado. Trató de pensar con rapidez. No podía llevarla a casa porque corría el riesgo de toparse con Alicia. Aunque, qué demonios, fue ella quien rompió contigo, así que no tienes por qué esconderte. ¿Quién se había creído que era? ¿La única mujer del mundo?

—No hemos empezado bien —dijo Charlie, tratando de hacer sentarse a la chica—. Soy Charlie Corn, reportero de *Welcome Te Ve*.

—¡Oh, sí! —dijo la chica, y se sentó. De repente estaba hablándole al oído—. Te he visto esta tarde. Todo el mundo aquí estaba mirando la televisión. Parece que ha pasado algo terrible. Pero no acabo de entenderlo, ¿qué es lo que pasa?

Charlie le explicó la historia de Pedro Juan. Luego le resumió el asunto de ese montón de chicas, los suicidios, todo ese rollo. La chica abría mucho la boca. Decía: OH. Y: OH. A Charlie no le gustaba demasiado. Le ponía nervioso el lunar de su nariz. Pero sería un estúpido si desaprovechaba aquella oportunidad.

Entonces apareció un tipo gordo. Parecía uno de aquellos tipos que pedían uves pero en versión kilos de más. Le dijo algo a la chica y se fue. La chica dijo:

—Oh, lo siento, Charlie, tengo que seguir trabajando.

—No te preocupes.

—Su. Me llamo Su —dijo la chica.

—Oh, está bien. —Charlie estrechó la delicada mano de la chica—. Beberé otro par de dandys. Puede que tres. Quizá para entonces ya estés libre.

Su le guiñó un ojo. No los tenía demasiado grandes. A Charlie le ponían nervioso los ojos pequeños. Pero no podía desaprovechar una oportunidad como aquella. Aunque todos los músculos de su cuerpo le pidieran una tregua.

Todos menos uno.

Charlie se bebió el segundo combinado. Para entonces ya era un tipo feliz. No recordaba gran cosa de lo que había hecho durante el día. Sólo recordaba a la chica. La miró. Estaba charlando con otra rubia. ¿Quién demonios era? No tenía mal aspecto. En realidad no estaban charlando. La otra rubia estaba pagando un paquete de cigarrillos. No eran cigarrillos verdes, eran Sunrise. Charlie dio un salto en su silla. La otra rubia sonrió y (OH, SÍ, ES ELLA) salió. Charlie se puso en pie y tanteó la minicámara en su bolsillo. Ya no le dolían los pies. Pagó los dos dandys y anotó su teléfono en la cuenta. Puso: «Para Su. Lo siento, pequeña, ahora tengo que irme».

Y se fue.

24

PUEDE QUE CONSIGAN ACABAR CONMIGO

El Palacio Claudio recibió al primero de sus invitados a las nueve y siete minutos de la noche. Era un tipo bajito al que nadie conocía. Se internó en el palacio como lo haría un ladrón, sin dejar de mirar por encima del hombro. Al revisor de invitaciones le pareció sospechoso. Y, ciertamente, lo era. Pero, teniendo en cuenta lo que estaba a punto de ocurrir, que un tipo bajito robara uno de los estúpidos cuadros que colgaban del cuarto de baño (en concreto, del cuarto de baño de señoras del primer piso) y lo subastara tres días después en el sótano de su casa, podía parecer incluso gracioso. Y lo cierto es que nadie echó de menos aquel cuadro, por lo que el ladrón desaprovechó la oportunidad de llevarse una docena de ellos. Pero ¿qué es lo que estaba a punto de ocurrir? ¿Hasta qué punto cambiaría la vida de los habitantes de Welcome?

Será mejor que empecemos por el principio.

El Palacio Claudio era un verdadero atentado contra el gusto de cualquiera. Por fuera tenía aspecto de transatlántico (ni siquiera le faltaban los botes salvavidas) y por dentro, de nevera dorada. Las paredes (que habían sido pintadas de un terrible dorado) estaban repletas de cuadros, y los cuadros estaban repletos de frutas, cartones de leche, pedazos de queso, chuletas y peces congelados. Ridículos hasta el extremo, los cuadros parecían haber sido pintados por un niño de seis años y, ciertamente, habían sido pintados por niños de seis años. Claudio Arden se los había encargado a la directora de su excolegio. Aunque corrían rumores de que los cuadros eran dibujos del propio Claudio. Y, a juzgar por el más que razonable parecido que guardaban con los carteles publicitarios que colgaban de su habitación, bien podrían serlo.

–He estado pensando, Bran, y creo que deberíamos intentarlo. –La que hablaba era Anita Velasco.

Brandy Newman y ella estaban recorriendo la alfombra roja que les llevaría al interior del transatlántico.

–¿En serio? –Brandy no sabía de qué hablaba.

–Puede que consigan acabar conmigo.

–¿Quién?

–Esos chicos de Bang Bang. –Anita se mordió una uña–. Si montaron lo de esa nave, pueden hacerme desaparecer.

Brandy suspiró. La miró a los ojos. Qué extraño, pensó. Casi no puedo respirar, pensó. Oh, oh, Brandy, te estás enamorando, dijo la voz de Rondy Rondy en su cabeza.

–Nadie ha montado nada –susurró el detective.

–A lo mejor sí.

–No, An. Yo no estaría aquí si lo hubieran hecho.

–Oh, Bran, ¡entonces eres tú quien tiene que sacarme de aquí!

Anita apoyó la cabeza en el hombro del detective y se fijó en los zapatos de la mujer que tenían delante. Eran demasiado pequeños para sus pies. Sus pies resbalaban, caían y volvían a subir. No puedo creerme que sea la primera vez que se pone tacones, pensó la joven.

No sabía de quién estaba hablando.

Los negros labios de Bette Hellburn, Miss Zapatos Demasiado Pequeños, dieron el nombre de Júpiter Ron al atareado revisor de invitaciones del Palacio Claudio. El joven asintió. Había sido advertido por Dios en persona de la más que posible presencia de la actriz. También había sido advertido por el mismo Dios de que la envidiada musa de Hank Chalecki llegaría acompañada del Inspector Júpiter Ron o, en su defecto, daría su nombre en la entrada. Pero lo que Dios no sabía era que el joven revisor de invitaciones conocía centímetro a centímetro el cuerpo de Bette Hellburn. Oh, no, no apunten demasiado alto, no se trata de un misterio lascivo sino estúpido: el revisor de entradas había comprado hacía un par de meses una de esas muñecas de silicona que reproducían hasta el último lunar de su modelo humano. Y sabía que los gigantescos dedos de los pies de la presunta Bette no tenían nada que ver con los de la verdadera Bette. A menos que aquel montón de silicona no tuviese nada que ver con la Bette de carne y hueso. Además, Bette no solía llevar gafas oscuras. Bette adoraba sus ojos color ciruela. Pero, si no era Bette, ¿quién demonios era aquella mujer? El avispado revisor de invitaciones estaba decidido a averiguarlo.

—¿El baño? —preguntó una estúpida chiquilla de pelo blanco.

—Oh, sí. Al fondo a la derecha —dijo el revisor.

Para cuando devolvió la vista al mostrador, Bette había desaparecido. Un tipo había ocupado su lugar y le estaba tendiendo la invitación de Anita Velasco. Así que Mark Karaszewski, más conocido como revisor de invitaciones, levantó la vista y, ¡OOOOOOOh, Dios! ¡ES ELLA! ¡ELLA! ¡OOOOH, SÍÍÍ(ahg)!

De repente, dejó de respirar. Se puso morado.

—¿Qué le pasa? —preguntó la chica.

—¿Oiga? —Brandy Newman le sacudió—. ¿OIGA? Nada. Mark se dio de bruces contra el mostrador y resbaló hasta el suelo. PAM. Un peso muerto sobre la alfombra roja.

Brandy pidió auxilio. Se acercaron un par de agentes locales. Al ver al chico en el suelo, apuntaron a Brandy con su par de Rundgrens. Brandy alzó las manos y dijo:

—¡No disparen!

—¡Quítele las manos de encima! —bramó uno de ellos, el más bajito.

—¡Se ha desmayado, estúpidos! —Anita se plantó ante las Rundgrens.

—OH —dijeron, al unísono, los agentes.

—¿Qué pasa aquí? —preguntó Greg El Gordo.

Greg les había estado siguiendo. Greg El Gordo estaba tan loco por Anita Velasco como Claudio Arden. Greg tenía una de aquellas muñecas de silicona bajo la cama y cada noche se acostaba con ella. A Mamá Glotis no le hacía demasiada gracia, pero era mejor eso a que lo hiciera con chicas de verdad. Mamá Glotis no quería ser abuela.

—Se ha desmayado —dijo Anita, señalando al revisor de invitaciones.

Greg miró a Brandy (OH, SÍ, AHÍ ESTÁ, DON SOY UN SUPERHÉROE) y luego miró a Anita y (BUM-BUM-BUM-BUM) su corazón también estaba a punto de estallar, y pidió a los agentes que bajaran sus armas.

Los agentes obedecieron.

Alrededor del revisor de invitaciones (que, en aquel momento, soñaba con Bette Hellburn), de Anita, los agentes y Brandy Newman, se arremolinaba una multitud. Greg El Gordo era el centro de todas las miradas. Dijo:

—Sáquenlo de aquí.

Greg El Gordo podía parecer un tipo realmente decidido si lo único que tenía que hacer era dirigirse a desconocidos.

Los agentes obedecieron.

Y, luchando contra un más que posible colapso nervioso, Greg El Gordo tomó a Anita de la mano y la alejó de la escena (y de Brandy Newman), ante una sorprendida multitud. Luego, impostó su voz de chaval de quince años y dijo:

—Esperen a que envíen un nuevo revisor. Entonces podrán entrar.

La multitud suspiró. Formó una larga cola frente al mostrador.

Brandy se levantó y le dio las gracias a Greg El Gordo.

—No hay de qué —dijo Greg, que se sentía arder (OH, SÍ, SOY UN VOLCÁN A PUNTO DE, DE, OH, NO).

Anita soltó su mano y se abrazó a Brandy.

—Oh, Bran —dijo la chica.

Y Greg pensó: VOY A MATARLE.

Y Brandy dijo:

—¿Ocurre algo? ¿Va todo bien?

Posó una de sus garras sobre el tenso hombro derecho de Greg y, Oh, Dios mío, su cara se está hinchando, pensó Brandy. Greg El Gordo también se estaba poniendo morado.

—Usted sabrá —susurró Greg (ESTÚPIDO SUPERHÉROE).

—¿Qué quiere decir? —Brandy parecía preocupado.

—¿No sabe que es la chica del alcalde? —le dijo al oído.

—¿La chica del alcalde?

—El Inspector le contrató para investigar ese asunto de la nave.

—Sí.

—¿Y qué hace aquí entonces?

—¿Qué pasa, Bran? —preguntó Anita.

Y Greg El Gordo, que nunca había tenido a la chica tan cerca, se odió tanto que deseó desaparecer. Como tantas otras veces, deseó descubrir un botón junto a su rodilla izquierda, pulsarlo y dejar de existir. Durante al menos un millón de años.

—Nada, cariño —dijo Brandy.

Y Greg se pisó el pie derecho, asegurándose de que se hacía daño.

—Es usted hombre muerto —dijo luego.

Se lo dijo a Brandy al oído. No le hubiera importado que Anita lo oyera, pero no lo oyó.

—¿MUERTO? —Brandy Newman palideció.

—¿Ha dicho muerto? —interrumpió una voz de cuchilla de afeitar—. Perdonen, no he podido evitar escucharles. Soy Dolores Rhampa, del *Welcome Te Ve*.

—Lárguese —dijo Greg.

—¿Quiere decir entonces que el tipo que se ha desmayado está muerto?

Dolores sacó una libreta enorme de un bolso enorme y escribió: HA MUERTO UN TIPO.

—No —dijo Greg—. Quiero decir que los periodistas no pueden entrar por la puerta de invitados. Tienen su propia puerta. Y estamos teniendo una conversación privada.

—¿Y dónde está esa puerta? —preguntó Dolores Rhampa.

Brandy Newman se había quedado de piedra. ¿Por qué muerto?, se preguntaba. Anita no sabía a qué se refería, pero empezaba a acostumbrarse a las lagunas mentales del detective, que aseguraba haber sido construido (sí, sí, construido, porque Brandy no era un tipo corriente y no había nacido como los tipos corrientes) sin ciertas reacciones básicas. Por eso, decía, parezco demasiado torpe para ser detective.

Anita tiró de él hacia el dorado transatlántico, aprovechando el despiste de Greg El Gordo, que estaba cada vez más morado y discutía a gritos con la periodista (¿Cómo se atreve a llamarme RAMERA? ¿Qué le he hecho YO?).

Brandy empezaba a salir de su letargo (acababan de rebasar el segundo cuadro), cuando a Anita le pareció oír a Vandie. Se dio media vuelta y la buscó. Pero no estaba. Entonces empezó a sonar «Haz conmigo lo que quieras» y Anita se dio un puñetazo en la mejilla derecha. Brandy se asustó.

—¿QUÉ DEMONIOS ESTÁ PASANDO? —preguntó.

—Oh, lo siento, Bran. Creo que me estoy volviendo loca —dijo Anita.

Acababa de oír a Vandie. La estaba llamando.

—¿Anita? ¡A-NIII-TA!

—¿La oyes? —le preguntó al detective.

—Creo que me estoy volviendo loco —dijo Brandy.

—¡A-NIII-TA!

—¡Es Vandie!

Anita no sabía de dónde venía la voz pero sabía que se acercaba, así que echó a correr. Antes le dijo a Brandy:

—Te veré dentro, cariño.

Y Brandy asintió.

—¡A-NIII-TA! —gritaba Vandie.

Sus tacones de siete centímetros se acercaban.

Brandy los esperó, sin saber que lo estaba haciendo, porque fueron ellos quienes se toparon con él. Al hacerlo, su propietaria gritó:

—¿DÓNDE ESTÁ ANITA?

—¿Es usted? —preguntó Brandy.

—¿QUIÉN?

—¿Es usted Vandie?

—VANDIE ESTÁ BUSCANDO A ANITA —dijo Vandie.

—¿La conoce usted?

—sí. —La mujer parecía desdichada.

—Está bien. Pues dígale que Anita ya no la necesita.

—¿Quién es usted?

Brandy dudó. Al fin, dijo:

—Su nuevo agente.

Una lágrima enorme mojó el vestido dorado de la delgadísima exagente.

—Anita siempre necesitará a Vandie —dijo.

—Anita me pidió que la informara de su despido. —Brandy intentó ser respetuoso.

—Vandie no puede estar despedida.

—Sí lo está. Debería rendirse de una vez. Anita no la quiere.

BUM. Bomba. La frágil Vandie se tapó la cara con las dos manos. Estuvo llorando durante tres eternos minutos. Brandy intentó tranquilizarla. Ella no se dejó.

—Quítele las manos de encima a Vandie. Vandie no se rendirá nunca. Si Anita no quiere que Vandie (OH, NO), si no quiere con Vandie no podrá con nadie. Con nadie —dijo, restregándose los ojos y sorbiendo lágrimas por la nariz.

Y, como una muñeca programada, se alejó por el pasillo hacia el salón principal. Brandy no le dio demasiada importancia. La siguió a distancia y se dijo: Después de todo, ha sido fácil.

Mientras, en el salón principal, uno de los secuaces de Claudio Arden acababa de dar con la cantante y la arrastraba de la muñeca hasta el lugar en el que se encontraba el alcalde, que se relamía sólo de pensar en cómo podía acabar la noche.

—Querida —dijo, al verla llegar, con el vestido negro descompuesto.

—Dile que me suelte.

—No puedo.

—¿No?

Anita le pisó con su tacón de nueve centímetros. El tipo gritó. Pero no la soltó. Claudio Arden sonrió.

—A menos que quieras concederme este baile —dijo.

Anita pensó: Puedo perder un par de minutos. Dijo:

—Está bien. Bailemos.

En el otro extremo del salón, Brandy se cruzó con el señor Bang Bang. Concedía una entrevista tras otra abrazado a un estúpido busto del alcalde. El señor Bang Bang no se llamaba Bang Bang y en realidad no era un señor, puesto que acababa de cumplir los diecisiete, pero a nadie parecía importarle.

—¿Brandy? —preguntó una de las periodistas que esperaban su turno.

Llevaba una ridícula pamela roja que le tapaba media cara. Brandy la reconoció por la barbilla. Los labios. Aquel beso polvoriento. Dijo:

—Oh. —Y recordó su pesadilla. Mastican y tragan, mastican y...

—Oh, querido, creí que no volvería a verle —bramó Rita, colgándose del brazo derecho del detective—. Le invito a una copa.

—Tengo prisa.

—Nadie tiene prisa en una fiesta, querido.

Brandy sonrió.

—Bueno. Yo sí —dijo.

—Déjeme invitarle a una copa. Por los viejos tiempos —insistió Rita, tirando del detective en dirección a una de las mesas de bebidas.

Brandy accedió. Al fin y al cabo, Anita bien podía estar tomándose una copa.

Pero no lo estaba.

El único que tomaba copas era San Melbourne. Tomaba copas y hablaba sin parar. Hablaba de lo importante que era tener siempre encendida la televisión. San Mel era un buen ciudadano, el MEJOR, y contribuía a mejorar su comunidad consumiendo. Uno tenía que consumir si quería que su GRAN ciudad estuviese algún día en lo más alto (oh, sí, el ránking ideado hacía tres meses por el presidente mundial, más conocido como Cejas Amarillas, había vuelto loco a Claudio Arden y a casi todos sus secuaces, incluido San Mel). Así que: Ya pueden ustedes salir hacia sus casas, encender todos los aparatos que encuentren y regresar a la fiesta cuanto antes. Sólo así serán ustedes los ciudadanos que deben.

—¿Quién demonios es ese tío? —preguntó Brandy Newman.

Rita le miró con desagrado. Se bebió su copa de un tirón.
—Un pervertido.

Luego pidió una tercera copa y alejó al detective de la mesa de bebidas. Todo el mundo trataba de alejarse de ella, en realidad, San Melbourne hablaba para sí mismo. Ni siquiera su mujer le escuchaba. Su mujer estaba en una de las tres cabinas del lavabo de señoras de la primera planta, dejándose desnudar por Jon Dando. De estar presente en aquella cabina, Mamá Glotis habría entendido perfectamente qué hacía una chica como Liz con un tipo como su hermano.

Mientras Jon y Liz pasaban un buen rato, Anita trataba de quitarse de encima a Claudio Arden. Notaba su diminuta erección en el muslo izquierdo y su aliento en el escote. Podría empujarle y echar a correr, pensaba Anita. Pero ¿adónde llegaría? Estaba rodeada. Los secuaces de Claudio Arden estaban por todas partes.

—Te amo, pequeña —dijo el enano.

Anita sonrió. Dijo:

—Me gustaría hablar con esos chicos de Bang Bang. El alcalde se apretó contra ella, le palpó el culo y trató de subirle el vestido.

—Claudio —dijo Anita, deteniéndose. Le apartó las manos.

—Oh. Lo siento, querida —dijo. Parecía estar a punto de explotar. Resoplaba.

—Cambio de parejas —canturreó entonces Rico (DIOS) Imperio, tomando a Anita de la mano y dejando junto al alcalde a una chiquilla de pelo blanco.

—Te ruego perdones al pequeño Claudio. Está demasiado enfermo —dijo, cuando tuvo a la deseada cantante entre sus brazos.

Anita nunca había tenido a Dios tan cerca, y, ¿qué demonios me está latiendo ahí abajo? Oh, no.

—Oh, sí. Lo sé —dijo ella.

Ahora era su corazón el que estaba a punto de estallar: BUM-BUM-BUM. No puedes estar pensando en eso, Anita, se dijo.

—Me pregunto por qué no habíamos bailado antes —prosiguió Rico.

—Supongo que he estado demasiado ocupada.

—Es curioso. No entiendo cómo una canción puede dar tanto trabajo.

—Yo tampoco.

—¿No te gustaría cantar otra cosa?

—Me muero por cantar cualquier otra cosa —dijo Anita.

—¿Y por qué no lo haces?

—Mi agente cree que voy a ser un planeta.

—¿De veras? ¿Qué clase de planeta?

Dios la estrechó entre sus brazos. A Anita le temblaron las piernas.

—Un, eh, un planeta.

—¿Te gusta?

Dios se estaba moviendo (¿CÓMO LO HACE?) de manera que parecía que estuvieran haciendo el amor.

—Sí —susurró Anita.

De repente, le estalló un volcán entre las piernas. ZZROUM.

Uau. ¿QUÉ HA SIDO ESO? Dios sonrió.

—Voy a asegurarme de que no vuelvas a cantar esa maldita canción —dijo.

—¿Lo dice en, oh, lo dice en serio? —preguntó la chica, que ya no tuvo tiempo de oír la respuesta, pues, antes de que Dios pudiera abrir la boca, notó un dedo helado en su espalda y oyó a alguien decir:

—Vandie hubiera dado su vida por ti.

—¿Vandie?

Anita se detuvo. Dios también. La música siguió sonando.

Vandie apretó el gatillo.

BANG. BANG.

25

OYE, NENA, SI NO VAS A AYUDARME PUEDES LARGARTE

Clark Roth se encontró con Luanne Rodríguez poco después de las diez de la noche, en el reservado de un local iluminado con velas rojas. Luanne se había vestido para la ocasión. Falda amarilla, zapatos azules, camisa rosa y tirantes negros. Clark ni siquiera se había cambiado de ropa. Había salido de la redacción hacía apenas diez minutos, se había subido al coche y no había tardado en encontrar aparcamiento junto a la nave. El lugar parecía menos concurrido que de costumbre. Después de todo, había sido una suerte que el alcalde Arden decidiera televisar aquella fiesta.

Luanne tomó asiento al otro lado de la mesa.

—¿Nerviosa? —preguntó Clark.

—No entiendo qué hacemos aquí —dijo ella.

Las enormes gafas resbalaron nariz abajo. Alehop. Volvían a estar arriba.

—Tomar un par de copas. Nos sentarán bien.

—No me gusta el alcohol —dijo la chica.

—Oh, vamos, ¿a quién le gusta?

—A mí no.

El camarero se acercó. Clark pidió un par de dandys con hielo. La chica se subió las gafas. Clark pensó: dentro, fuera, dentro, fuera.

—Yo quiero agua —dijo la chica.

—Uno de los dandys es para ti, nena.

El camarero no apuntó el agua. Se marchó. La chica hizo ademán de levantarse. Clark la retuvo. Ella dijo:

—Suélteme.

—¿Adónde te crees que vas? ¿Es que siempre tienes que montar el mismo numerito? ¿No puedes estarte quieta?

—Suélteme.

—¿Ya no quieres ver a Londy?

La chica levantó la vista. Las gafas le resbalaron. Se las subió. Le miró durante lo que parecieron tres siglos. Luego se sentó.

—Así está mejor. Nos tomaremos ese par de copas y nos iremos.

La chica no dijo nada. Tenía la vista clavada en sus uñas amarillas. El camarero trajo los dandys. Clark se bebió el suyo de un trago. La chica lo probó con cara de asco. Clark le arrebató el vaso y se lo bebió. Se puso en pie y dijo:

—Vamos.

Sí, vamos, porque será mejor. Será mejor tratar de abrir la nave y regresar a casa. He tenido un día complicado, ¿y qué pensabas hacer con esa cría? ¿Complicártelo más? Más es imposible. He puesto del revés la ciudad. Con un solo artículo. Del revés. Ríete del viejo. El viejo no tenía ni idea.

—¿Quién?

Clark había hablado en voz alta.

—¿Crees que, eh, crees que podremos entrar sin que nos vean? —preguntó.

—No —dijo la chica.

—Oh, vaya, estupendo —salieron del local.

—¿No quiere que nos vean?

—No.

—¿Por qué no?

—¿Sabes la que va a montarse si nos ven?

—¿Y?

—Oh, claro, estoy con una estúpida fan —dijo Clark.

La chica frunció el ceño. Él no trató de arreglarlo. Para ti esto no es más que un juego, pero para mí no, nena. Lo mío va en serio.

—Deje de llamarme nena —dijo la chica.

Se estaban acercando a la nave. Había dos policías dentro de un coche patrulla. Estaban viendo la fiesta en una pequeña televisión que colgaba del retrovisor.

—Con un poco de suerte, quizá estén… ¡Eh, fíjate!

La chica se fijó. No había nadie en la calle. De las tiendas de campaña asomaban demasiados zapatos. Todo el mundo estaba viendo la fiesta de Claudio Arden.

—¿No es estupendo?

Clark echó a correr hacia la nave. Luanne le siguió.

En aquel momento, Dudu le preguntó a Shirley:

—¿Te quedan patatas?

Shirley estaba sentada en el asiento de copiloto. Estaba devorando un sándwich. Dudu ya había acabado con el tercero y necesitaba más patatas. OH, Dios, si no como otra patata me volveré loco, LOCO, aulló, ante la negativa de Shirley.

—¿Quieres que salga? —se ofreció Shirley.

—¿Te importa?

—Oh, bueno, un poco. Voy a perderme el siguiente baile —dijo, refiriéndose a la fiesta—. Pero no importa. En serio. Hoy por ti y mañana. Ya sabes.

Shirley se bajó del coche. Dudu le tendió el televisor. Dijo:

—Quédatela. A lo mejor me hacen esperar.

—Oh, gracias —dijo Shirley—. Tráeme un café.

—Oído cocina, Shir.

Dudu arrancó. El coche patrulla se alejó con un estruendo. Shirley se sentó en un banco y ajustó la antena del televisor. Así está mejor, se dijo. Se apartó un mechón de pelo de la boca y levantó la vista. Lu pasó junto a ella como una exhalación. ¿Dónde la he visto antes?, se preguntó la agente. Luego se metió la mano en el zapato y se ajustó el calcetín derecho. La chica se dirigía a la nave y, eh, un momento, ¿ese tipo la está siguiendo? ¿Dónde he visto antes a ese tipo?

—Oooh, sí. Es el chico de televisión —se dijo Shirley, y le dio el último bocado a su sándwich.

Luego hizo una bola con el plástico y se la metió en el bolsillo. Subió el volumen del televisor y olvidó lo que había visto.

Charlie Corn se sacó la minicámara del bolsillo. Lu Ken se estaba aproximando a la nave. Imagínate, Charlie, imagínate que ella es la responsable de todo este follón. Claro, eso es. ¿Y si ella fuera Londy Londy? O, mejor, ¿y si fuera el Capo de Turno? ¿Y por qué no podían ser el Capo de Turno y Londy Londy la misma persona? Charlie puso en marcha la minicámara y recorrió los últimos cincuenta metros.

Junto a la nave, Clark y Luanne discutían.

—Oye, nena, si no vas a ayudarme puedes largarte.

—¿Qué quiere que haga? —La chica se había cruzado de brazos.

—Quiero que te insinúes. A lo mejor Londy es un poco tímido. —Clark le guiñó un ojo. Luego dio otro par de golpes de nudillos a la puerta—. Vamos.

—Está usted enfermo —dijo la chica, dándole le espalda.

—Buenas noches —dijo Lu Ken, apagó el cigarrillo bajo su tacón de aguja y miró a Clark. Su cara le resultaba vagamente familiar.

—Estupendo. La fugitiva —dijo Clark, dejándose caer de espaldas sobre la puerta—. ¿Vienes a refugiarte en tu madriguera?

—¿Nos conocemos? —preguntó Lu. Tenía los ojos negros. Se los había restregado un millón de veces.

—Creo que no. —Clark extendió su mano derecha y se presentó—. Clark Roth, del *Welcome Times*.

Lu no podía creérselo.

—Oh, Clark, encantada. Yo soy.

—Lu Ken, sí. Dime, ¿te está pagando alguien?

—¿Pagando?

—¿O sólo fue un suicidio profesional?

De todos los periodistas del *Welcome Times*, Clark era el único que realmente había aprendido algo de sus antepasados. En realidad lo había aprendido de los libros de sus antepasados pero algo es algo, así que ahí estaba, haciendo las preguntas indicadas en el momento más inoportuno posible, con la espalda apoyada en una gigantesca chincheta amarilla.

—¿Un suicidio?

La Siempre Efervescente Lu Ken estaba perdida. Ella creía que el *Welcome Times* se mostraría encantado con su hazaña, puesto que si algo estaba haciendo era contar la verdad, siempre, aún y contradiciendo a las autoridades, fuesen quienes fuesen.

Lu no sabía nada de verdades alternativas.

—Oh, vamos, ¿por qué escribiste ese artículo?

Luanne movió algunos escombros para formar una especie de silla y sentarse. Se topó con un dedo en descomposición al hacerlo.

—Uau —dijo.

—¿Qué? —preguntó Clark.

—Un dedo.

—¿Un dedo? —Lu Ken no hacía más que preguntas estúpidas.

—Un dedo de muerto —dijo la chica.

—Uhm. —Clark le echó un vistazo—. Aquí huele a perros.

—A perros muertos —corrigió la chica.

Clark volvió a golpear la puerta. Gritó:

—¡EH, TÚ! ¡SAL DE AHÍ!

—¡NO PUEDES HACER ESO! —gritó Lu.

—¿Por qué no?

Luanne movió otro montón de piedras y encontró una bufanda. Sarah la habría reconocido de estar en su lugar.

—¿Y si, y si hay alguien y, y le molesta? ¿Y si le molesta?

—¿Estás nerviosa, Lu?

—¿Molestarle? ¡A lo mejor está muerto!

De repente, oyeron un ruido metálico. Luego un pitido. Clark dio un salto y se alejó de la puerta. Luanne se puso en pie y Lu Ken estuvo a punto de caerse. Se le había quedado un zapato atrapado entre los escombros.

—¿Quién demonios eres tú? —Ese era Clark.

—¿Qué hacéis aquí?

Charlie Corn sostenía la minicámara ante los desconocidos. No pensaba dejar de grabar hasta que hubieran dicho algo interesante. Oh, sí, por este reportaje puedo ganar el Welcomitzer, pensó.

—¿Quieres apagar eso?

Clark se acercó a Charlie Corn y le dio un manotazo a la minicámara, que se estrelló contra el suelo. Charlie se apresuró a rescatarla. Parecía intacta. Mientras buscaba desperfectos, de un segundo manotazo, Clark se la quitó.

—Devuélvemela —dijo el periodista televisivo.

Lu consiguió liberar su pie, que no su zapato, y le dio una bofetada a Charlie.

—¿Qué pensabas hacer con eso? —le preguntó.

Clark tiró la cámara contra la puerta de la nave. CLINK. Alguien gritó al otro lado de la cinta policial. Y alguien más. De repente, todo eran sordos murmullos.

—¿Qué demonios pasa? —preguntó Clark.

Y entonces ocurrió (OH, SÍ, POR FIN).

La puerta de la nave SE ABRIÓ. Primero se oyó un chasquido (un CHAS BUM BANG) y después un chirrido (GUIIIIIM) y la puerta SE ABRIÓ.

En el instante mismo en que lo hizo, Clark se desmayó. Cayó de espaldas sobre el montón de piedras que había reunido Luanne, pero nadie se dio cuenta. Ni siquiera el par de agentes que apuntaban a los desconocidos. Ninguno de ellos podía apartar la vista de la figura que se recortaba en aquel umbral intergaláctico.

Era gigantesca.

26

DOS MUERTOS Y DOS BESOS HELLBURN

Minutos antes de que dieran las diez y treinta y siete, hora exacta en que Vandie apretó el gatillo de su pistola y en que la puerta de la nave se abrió por fin, Mark, el revisor de invitaciones, despertó en una habitación sin ventanas. Trató de recordar dónde estaba. Se echó un vistazo. Oh, sí, se dijo, la maldita fiesta. ANITA. Y, más allá, Bette. Bette Hellbum. Oh, claro, esa impostora. ¿Habría sustuido a Bette sólo aquella noche? ¿Y sí Bette ya no existía? ¿Y si nunca había existido? Mark imaginó tres millones de Bettes en fila. Cada una de ellas sostenía un cartel en el que ponía el nombre del personaje que había interpretado fingiendo ser Bette Hellburn. Mark se recolocó la pajarita y abrió la puerta. Tengo que encontrarla, se dijo.

—Oh, aquí estabas —le dijo una chica, al verle salir.

—¿Yo?

—Llevo una hora buscándote.

La chica hablaba con la boca muy abierta. Tenía los dientes torcidos y los ojos muy grandes. Apenas tenía cejas. Se había maquillado demasiado. Era bajita y se había pintado labios en la piel. Mark trató de imaginársela sin maquillaje. Oh, no, imposible.

—¿A mí? —preguntó, sorprendido.

—Oh, sí, creí que estabas muerto.

—¿Muerto? —¿Qué es esto, una pesadilla?

—¿No te acuerdas?

—Sólo me desmayé —dijo el revisor.

—Parecías muerto.

—Oh, vaya. Pues. Ya estoy bien.

—Sí. Me alegro. De todas formas, puedo mencionar tu desmayo en mi crónica, ¿verdad? —preguntó la periodista.

—¿En tu crónica?

La chica extendió su mano derecha y estrechó la de Mark. Dijo:

—Soy Dolores Rhampa, del *Welcome Te Ve*.

—Ah. Oh. Joujou —rio, nervioso, el revisor—. Claro.

Al poco se despidieron y cada uno siguió su camino. Dolores, sin querer, se puso en línea de fuego y Mark consiguió dar con Bette Hellburn. Estaba bailando con un tipo alto y guapo. Tenía la cabeza apoyada en su hombro y seguía llevando aquellas gafas. Bette nunca llevaría gafas, se dijo el revisor.

Dieron las diez y diez.

—Querido, está usted muy, pero que muy bien dotado —le dijo Bette Hellburn a Brandy Newman, palpándole, sin disimulo, el trasero.

—Oh. Vaya —dijo el detective.

No tenía ni idea de quién era Bette Hellburn, pero no le gustaban sus manos. Parecían manos de carnicero.

—¿Hace algo esta noche? —Bette Hellburn se rio con la risa de Júpiter Ron—. Me refiero a después del baile.

—Sí —Brandy se aclaró la garganta—. He venido con una chica.

—¿Una chica? —El viejo Jup estaba impostando la voz al menos seis tonos por encima del que sus cuerdas vocales acostumbraban a emplear. El revisor de invitaciones lo notó. Se acercó a él por la espalda y dijo:

—Cambio de parejas.

Antes de que Brandy pudiera soltarla, la chica de las gafas oscuras y las manos de carnicero le dio un beso en la boca. PUN. Sus labios sabían a plástico reseco. Y no querían soltarlo. Lo absorbían. PUUUAJ. El detective tuvo que empujarla.

—¿Qué hace? —inquirió Brandy.

—Oh, querido. Lo necesitaba —dijo ella, tratando de volver a subir al zapato uno de sus enormes pies.

El revisor aprovechó el momento. Trató de ayudarla. Le prestó su brazo. Le dijo: Sujétese.

—Oh, gracias —dijo Bette.

A menos de seis pasos, Greg El Gordo acariciaba su Luger. Se había metido la mano bajo la chaqueta y la acariciaba, acariciando a su vez la idea de sacarla y matar a todo el mundo. Greg solía soñar con masacres indiscriminadas. Desde que era un crío, y el resto de críos se reían de él porque era feo y gordo, Greg había soñado con matar a todo el mundo. Matarlos sin más. BANG. BANG. BANG. Y así hasta el infinito. Había comprado tanta munición que ya no sabía dónde meterla. Había balas bajo su cama, en los cajones de su escritorio, en el armario, detrás de sus libros, bajo las estanterías. De vez en cuando, Mamá Glotis se topaba con una en la cocina o en el carrito de los peines y las tijeras, en la peluquería, y la tiraba a la basura.

Greg El Gordo no era un asesino pero no veía nada malo en serlo. En el mundo sobraban tipos como Brandy Newman. ¿Quién podía culparle si apretaba el gatillo?

Quedaban apenas seis minutos para las diez y treinta y siete cuando Anita posó su mano derecha sobre el hombro de Dios, y la chica de pelo blanco que había estado bailando con él agarró a Claudio Arden de la cintura y gritó:

—¡Ooooh, CLAUDIO!

El alcalde casi se cae del susto.

La chica le abrazó. Restregó sus enormes pechos contra la parte alta de su torso (¿Puede ser que sea tan bajita como yo?, se preguntó el alcalde, y, ciertamente, lo era) y empezó a zarandearlo de un lado a otro.

—¿Cuántos años tienes? —preguntó Claudio, dejándose arrastrar.

—Trece —dijo la chica.

—¿Trece?

—Soy Nancy.

—¿Trece años?

—Oh, bueno, a lo mejor tengo alguno más, pero no muchos más.

—¿Y Rico?

—Rico es como tú.

—¿Como yo?

—¿Sabes qué? A lo mejor podrías llevarme luego al Rancho. Yo nunca he estado en El Rancho y me gustaría. ¿Cómo es? ¿Es un rancho de verdad? ¿Por qué se llama El Rancho? ¿Tienes caballos?

Claudio Arden trató de separar las frases que había dicho. Había dicho muchas y no podía recordar exactamente qué había dicho primero. Estaba pensando en todo aquello cuando Greg El Gordo sacó una pistola del bolsillo interior de su chaqueta. Brandy Newman se había perdido entre la gente. Parecía estar buscando a alguien. Oh, sí. Ahí estaba. A punto de posar su mano sobre el delicado hombro de Anita Velasco.

¿Y qué hacían Bette Hellburn y el revisor de invitaciones? Bailar. Pero bailar pisándose el uno al otro.

—Sé que usted no es Bette Hellburn —acababa de decirle Mark al viejo Jup.

—¿Ah, no?

—No.

—¿Y qué vas a hacer? ¿Dispararme?

—No. Voy a descubrirle.

—¿Tú?

No era Brandy Newman, pero era bastante más atractivo que la mayor parte de sus conquistas. A excepción de aquel suburbiano. ¿Cómo se llamaba?

—Mark —dijo el revisor.

—¿Mark? —preguntó Jup.

—Me llamo Mark y usted no es Bette. Le falta un lunar aquí y esos no son sus pies. Bette tampoco llevaría gafas. Así que, dígame, ¿quién es usted?

El viejo Jup se rio. Luego besó al chico. Y el chico no se apartó.

En su reloj de pulsera dieron las diez y treinta y seis. Vandie localizó a Anita. Estaba bailando con Dios. Se acercó a ella por detrás. Le colocó su diminuta Rominguer en la espalda y dijo:

—Vandie habría dado su vida por ti.

Y entonces Greg disparó. BANG. El disparo que iba dirigido a Brandy Newman impactó en la nuca de Vandie Lebenzon. Justo en el momento en el que ella apretaba el gatillo (BANG), con lo que, al caer hacia atrás, su disparo no impactó en la espalda de Anita, sino en la frente de Rico Imperio, el mismísimo Dios de Welcome.

27

EXTRATERRESTRE PELUDO NO ES DE OTRO PLANETA

El extraterrestre dio un paso al frente. En su cara, enorme y peluda, se dibujó una sonrisa de dientes brillantes. Alzó un brazo y movió la mano de un lado a otro, de un lado a otro, de un lado a otro. Dio otro paso al frente. Pisó uno de los zapatos de Clark. No bajó la vista, se limitó a darle un puntapié. Shirley abrió mucho la boca y dijo: Oooh. Los cinco retrocedieron tres pasos. El extraterrestre se detuvo y frunció el ceño. Vestía tejanos agujereados y una monumental camisa de leñador. En otra época y en otro lugar podrían haberlo confundido con un revolucionario. Pero no en Welcome. En Welcome las revoluciones eran lágrimas de cocodrilo. Toda la ciudad era, de hecho, una enorme lágrima de cocodrilo. Así que, a los cinco welcomianos que quedaban en pie ante la puerta de la nave, el extraterrestre no les parecía nada más que un extraterrestre gigante. Más o menos lo que habían esperado.

—¿Londy? —preguntó Luanne.

—Hola —dijo el extraterrestre, tendiéndole la mano derecha a la chica.

Luanne se adelantó. Le tendió su mano derecha. El gigante se fijó en sus uñas amarillas. Sonrió y aquellos dientes, sus enormes dientes, *brillaron*, oh, Dios, ¿y si nos come?, pensó

Shirley. Shirley había visto veintiséis de las veintisiete series sobre extraterrestres que había emitido el *Welcome Te Ve* desde que se habían popularizado los viajes a la Luna.

—Hola, Londy. Soy Luanne Rodríguez, la presidenta de tu club de fans —se estrecharon las manos.

—¿Un club de fans? —preguntó Extraterrestre Peludo.

Luanne se subió las gafas. Dijo:

—Hemos estado esperándote. Desde que aterrizaste.

—Oh —dijo Extraterrestre Peludo—. Vaya.

—¿Has estado viviendo en otro planeta? —preguntó la chica.

—¿Eres Londy? —preguntó Lu.

—Mi nombre es Hinkston Lustig —dijo Extraterrestre Peludo.

—¿No tiene usted mucho pelo? —preguntó Shirley.

La peluda cara del extraterrestre Hinkston se arrugó.

Se hizo el silencio. Luego los dientes volvieron a brillar.

Extraterrestre Peludo se rio: JAUJAUJAU.

—¿He dicho algo malo? —preguntó Shirley.

—¿Dónde está la cámara? —preguntó Charlie Corn.

—¿Qué cámara? —Ese era Dudu.

—Me temo que estamos en uno de esos programas de risas enlatadas.

—Pero ¿qué dice? ¿Cómo vamos a estar en un programa? —preguntó Dudu.

—¿En la tele? —preguntó Shirley.

Extraterrestre Peludo seguía riendo: JAUJAUJAU.

—Oh, a la mierda. Se están quedando con nosotros. —Ese era Charlie.

—¿Lo dice en serio? —preguntó Lu.

—¿De veras creen ustedes que los extraterrestres hablan nuestro idioma?

—¿No? —preguntó Shirley.

—¿No me han oído? ¡Es Londy! —insistió Luanne.

—¿Londy? ¿Se parece en algo a Londy? —preguntó, con sorna, Charlie.

—Ha estado en otro planeta! ¿Cómo quiere que se parezca?

Luanne no iba a rendirse. Había estado esperando aquel momento toda su vida.

—Oh, claro. Debí habérmelo imaginado. Londy ha estado en el planeta Cirugía Estética —sugirió Charlie.

—¿No me creen? ¡Es Londy! —Luanne parecía estar a punto de echarse a llorar.

—¿Lon… dy?

Clark acababa de levantarse. Se tocaba la cabeza. Se había abierto una brecha junto a la ceja izquierda. Extraterrestre Peludo le tendió la mano. Clark se la estrechó sin advertir que la puerta de la nave estaba abierta y que el tipo que le tendía la mano medía más de dos metros.

—Hinkston Lustig —dijo Extraterrestre Peludo.

—Encantado —dijo Clark, sin mirarle.

—Clark. Es Londy —dijo Luanne.

—¿Londy? —repitió Clark, levantando la vista.

—No se asuste —dijo Extraterrestre Peludo.

—¡OoooH, DIOOOS! —bramó Clark.

—No se asuste. Soy Hinkston Lustig —dijo el gigante.

—¿Ideó usted este asunto de la nave? —preguntó Charlie.

—No les hagas, caso, Londy. Son estúpidos —le dijo Luanne al monstruo.

—¿Londy? —preguntó el gigante.

—Dilo de una vez. Díselo a todos. Diles que estamos en uno de esos programas de risas enlatadas y que tú eres el cebo. Oh, sí, un gigante estúpido —dijo Charlie.

—¿Es cierto? —preguntó Lu.

—¿El qué? —quiso saber el gigante.

—¿Estamos dentro de un programa? —insistió Lu.

—¡No! —bramó Extraterrestre Peludo.

—¿Entonces? —A Lu le dolían los pies. Quería irse a casa.

—¿Entonces qué? —preguntó Extraterrestre Peludo.

—Quién es usted.

—Hinkston Lustig.

—¿Y quién es Hinkston Lustig? ¿Un gigante televisivo? —preguntó Lu.

—Eh, ¿me he metido yo con usted?

—¿Así que no es usted un extraterrestre? —Shirley parecía disgustada.

—¿Un extraterrestre? —Su cara peluda volvió a arrugarse.

—¿No? —Clark estaba en estado de shock. Apenas podía mover la boca.

Extraterrestre Peludo suspiró. Sabía que los welcomianos eran estúpidos, pero no sabía que sus ancestros también lo habían sido. Pensó: Está bien. Son estúpidos. Será mejor que no juegues porque no te va a servir de nada. Así que dijo:

—Soy Hinkston Lustig. Soy escritor. Ustedes no me conocen porque en el mundo del que vengo ya no existen. —Cerró los ojos. Los abrió. Seguían ahí—. Ya lo he dicho.

Se hizo el silencio. Clark seguía en estado de shock. Shirley le miraba los pies. Luanne había posado una mano en su cadera. Le dijo:

—Yo te creo, Londy.

Charlie se rio: JOUJOU.

—¿De qué se ríe? —preguntó el gigante.

—¿Así que viene de otro mundo?

—Sí.

—Escuche, amigo. Es tarde. Acabe con esto de una vez. Queremos volver a casa.

—No le entiendo.

—Algunos de nosotros llevamos todo el día trabajando y estamos cansados. ¿Pueden pasar ya los señores de los ramos de flores?

Charlie miró alrededor. Había luces de colores por todas partes.

—Oh, Dios. Sí. Ya se acaba.

—Un momento —dijo Lu Ken.

—Date prisa —dijo Charlie, divertido.

—Aquí ha muerto gente —dijo Lu.

—¿Quién? —Dudu echó mano a su Rundgren.

—Tengo una fuente que dice que no va a rodarse ninguna serie de televisión.

—¿Quién habla de series? ¡Estamos en un programa, encanto!

Charlie no se daba por vencido. Aquel gigante le parecía cada vez más ridículo.

—Cállese. —Lu se puso muy seria—. Aquí ha muerto gente, ¿verdad?

—No lo sé —dijo Extraterrestre Peludo—. Pero es posible.

—¿Fue un atentado institucional? ¿Le pagó a usted el alcalde Arden o fue Cejas Amarillas, el presidente mundial?

El gigante había leído acerca de Cejas Amarillas. Coleccionaba cigarrillos.

—Nada de eso —dijo. Se restregó los ojos con las manos—. Hice algo que no debía y supongo que me estrellé. Llevo un par de días ahí dentro.

—¿Tenía que haber aterrizado en otro lugar? ¿Es cierto que todo esto es una campaña publicitaria? ¿Qué tipo de compañía le ha contratado? —Lu seguía atacando.

—No me ha contratado nadie. Este no es mi primer viaje pero sí que es mi primer viaje al margen de la ley de Welcome.

—¿Existe una ley para los platillos volantes? —Charlie no pudo resistirse.

—En el Welcome del que vengo, en el que ninguno de ustedes existe ya, los escritores pueden viajar en el tiempo y existen leyes que regulan sus viajes.

—Oh, ahora lo entiendo todo. Usted escribe novelas de ciencia ficción, ¿no? Y el negocio no le va bien, no le va nada bien, porque ninguno de nosotros le conoce, y créame, nosotros somos buenos chicos, hemos leído al menos un par de libros por cabeza, la mayor parte de los habitantes de Welcome no lo han hecho, así que se ha montado en un platillo volante y se ha cargado a un montón de no lectores sólo para llamar la atención. Oh, sí, qué buena idea. ¿Es que estos programas cada vez tienen peores guionistas? ¿Qué clase de guionista podría escribir algo así?

Extraterrestre Peludo sonrió.

—¿Qué os he dicho? —Charlie se anotó un tanto.

Extraterrestre Peludo se rio: JAUJAU.

Aquella risa era atronante. Hacía pensar en el fin del mundo.

28

DIOS HA MUERTO Y BRANDY NEWMAN
TIENE PRISA

La máxima autoridad de Futuro Interrumpido, una mujer con un turbante azul eléctrico en la cabeza, recibió a Claudio Arden y al resto de invitados a su fiesta poco después de las once de la noche. Alguien había llamado a una ambulancia (había sido Brandy, pero esa no había sido su intención) y la ambulancia había llegado y se había llevado a Dios. Vandie Lebenzon había tenido que esperar un poco más, en realidad, mucho más, pero los limpiamoquetas del Palacio Claudio no tenían por qué preocuparse: había esperado a la ambulancia encima de una mesa, envuelta en un mantel.

La máxima autoridad de Futuro Interrumpido, Destina Paraíso, dio la bienvenida al alcalde y su comitiva rodeada de globos negros. Les hizo pasar a un gigantesco salón con aspecto de circo romano (había cristaleras en el techo y gradas por todas partes) y puso música. Era una música tranquila y agradable, triste. Fue oírla Claudio y pensar en Anita. Oh, era MI noche, se dijo. Y se echó a llorar. Liz trató de consolarlo.

—No se preocupe, señor alcalde.

Claudio gimoteó. Notó una mano enroscarse en torno a la suya.

—Sólo era un viejo verde —dijo la mano—. Tú me gustas más.

Era la niña de pelo blanco. Claudio dijo:

–Anita.

–No, Nancy –dijo la niña.

Claudio miró a Liz y dijo:

–Anita.

–No se preocupe, señor alcalde. Todo saldrá bien.

–Dios ha muerto –dijo Claudio.

–Pero tú me gustas más –dijo Nancy.

Claudio soltó un alarido.

Entonces BLAM. Las puertas batientes del circo romano se abrieron y entraron dos agentes. Corrían como si el suelo que dejaban atrás se derrumbara a su paso. Uno de ellos llevaba un teléfono visor en la mano. San Mel lo detuvo. Gritó:

–¿PASA ALGO, AGENTE?

Silencio.

–El extraterrestre, señor –dijo el agente.

–¿CÓMO? ¿QUÉ EXTRATERRESTRE?

–Un extraterrestre, señor.

–¿TENGO QUE SALIR? –le preguntó San Mel.

El circo romano guardaba silencio. Eso sí, se miraban unos a otros con los ojos muy abiertos, como si se dijeran, en voz muy alta: OH, UN EXTRATERRESTRE.

–Sí, señor –dijo el agente.

Y San Mel, que había cogido uno de aquellos globos negros con los que Destina Paraíso les había dado la bienvenida a Futuro Interrumpido, tuvo que soltarlo y salir del circo. El globo se estrelló contra el techo acristalado. Y los murmullos se extendieron.

–¿De dónde demonios puede haber salido un extraterrestre?

–¿Un extraterrestre como los que salen en televisión?

–Oh, debe ser una broma.

–Un programa.

–La serie.

–Oh, claro, la nave. ¿Recuerdas esa nave que se estrelló en el centro? Los chicos de esa compañía debieron olvidar a alguien dentro.

–¿Tú crees?

–¿En serio?

–Claro, ¿qué iba a ser si no? ¿Un monigote verde?

–¿Es de color verde?

–Quién sabe.

Mientras los murmullos se extendían, Brandy Newman daba vueltas por Futuro Interrumpido. Estaba buscando un teléfono. Pero las enfermeras no le dejaban en paz. Decían cosas del estilo: Oh, qué chico tan guapo. Y: ¿Tienes dónde dormir esta noche?, o, ¿Y si jugamos a los médicos?

–Necesito un teléfono –decía Brandy.

–Y nosotras necesitamos tu teléfono –decían ellas.

–Oh, vamos, es urgente.

–Lo nuestro también.

Así fue la conversación hasta que el creciente revuelo de murmullos del salón de operaciones las alejó. Brandy pudo entonces ponerse en serio a buscar un teléfono. Cuando lo encontró, marcó un número con prefijo de Welcome y esperó a que alguien lo cogiera. Un, dos, tres. Un, dos.

–¿Sí?

–¿Rondy?

–Sí.

–Dios ha. Uf. –Brandy resoplaba. El corazón le iba a mil por hora–. ¿Has estado viendo la fiesta? Ha pasado algo.

–¿Qué ha pasado? ¿Ha dicho algo de mí? ¡Ya he llamado a Fred, Lon! ¿Qué más quiere de mí ese viejo loco?

–Dios.

–Oh, sí, Londy. Dios. Qué. ¿Ha subido los impuestos?

–No. Ha. –Brandy suspiró. Estaba asustado, aunque no sabía por qué–. Escucha Rondy. Dios ha muerto.

–¿Ha muerto?

Brandy asintió.

—¿Me oyes, Londy?

—Sí.

—¿Ha muerto?

—Sí.

Rondy guardó silencio. Luego dijo:

—Está bien. Voy enseguida.

29

SUPEREMEPESUBU (YUJU)

Uno de los simpatizantes del EMEPESUBU, un chico delgado y triste llamado Bingo, fue el primero en darse cuenta. Detuvo a su compañero de marcha y le miró a los ojos, asustado. Dijo: Se han ido. Se han ido todos. Y el otro miró alrededor. Dijo: Estamos rodeados de gente, Bingo. Y Bingo contestó: No, me refiero a la televisión y a la policía y a los demás. El otro preguntó: ¿Los demás?

—Se han ido todos —insistió Bingo.

El otro dio la voz de alarma. El comentario no tardó en llegar a Pedro Juan, que ya había olvidado que toda aquella gente estaba allí porque ÉL quería que el alcalde cumpliera su promesa. ¿Qué promesa? Pedro Juan despegó sus labios de la rubia que acababa de echársele encima y preguntó:

—¿Qué pasa?

—Se han ido todos.

Pedro Juan miró alrededor. ¿Quién demonios se había ido? Había CIENTOS de CHICAS por todas partes y TODAS estaban gritando SU nombre. Y, bueno, sí, también había un buen montón de tíos delgados con el pelo largo que decían ser de no sé qué partido. Así que, ¿quién demonios se había ido?

—Los polis. Y la televisión —le dijo uno de sus compinches.

Pedro Juan se detuvo. La marcha se detuvo con él. Las chicas dejaron de gritar. Pedro Juan pidió silencio. Estaban en plena Gran Vía de Welcome. No había nadie. Ni un solo coche. ¿Dónde están los coches?

—¿QUÉ PASA? —gritó una chica sin camiseta.

—CHICAS —gritó Pedro Juan—. LA FIESTA SE TRASLADA A MI CASA.

YUJU, gritaron todas. Aunque algunas se empujaron entre sí, intentando derribar a las que creían habían gritado más fuerte que ellas.

—¿Y nosotros? —preguntó Bingo, que había conseguido llegar hasta Pedro Juan.

—Vosotros podéis hacer lo que queráis —dijo Pedro Juan.

—¿En serio? ¿Y el alcalde? —preguntó el amigo de Bingo.

—No os preocupéis por el alcalde. El alcalde se acabó.

Pedro Juan se olvidó de añadir que ya no era un chico de los Suburbios y que, por lo tanto, no iba a tener más problemas con el alcalde. Lo primero que haría cuando se instalara en la casa que la productora de televisión le había prometido en el centro de la ciudad, sería invitar a cenar a Anita Velasco. Oh, sí, Anita. Eh, tío, claro, ahora soy actor, tío. Mañana tengo mi primera escena. Un par de tipos se van a pasar la noche en vela escribiéndola. Mi primera escena. En una serie de televisión. Así que:

—Bueno, si queréis podéis acompañarnos —añadió Pedro Juan.

—¿Y la revolución? —preguntó Bingo.

—Ya está hecha, amigo.

—¿Cómo? ¿Hecha? —preguntó el amigo de Bingo.

Pedro Juan trató de pensar con rapidez. Oh, piensa, piensa. Sólo son chicos ricos que querrían ser suburbianos. Pequeños masoquistas estúpidos. ¿Por qué no prometerles un mendrugo de pan y un buen azote? No, digamos que no son tan estúpidos. No es que quieran perder, es que quieren jugar.

—Han aceptado darme un papel protagonista.

—¿Un papel? —preguntó Bingo.

—En una serie de televisión.

—¿Y? —preguntó el amigo de Bingo.

—Mañana tengo mi primera escena.

—¿Y qué hay de ese maldito poli? —Ese era, de nuevo, Bingo.

—Oh, bueno —dijo Pedro Juan, que casi había conseguido olvidar aquella noche—. A lo mejor sólo nos hizo un favor. Tengo entendido que los actores se depilan.

—Pero ¿y la humillación? ¿Y la humillación de todos tus compañeros?

—Mis compañeros están de acuerdo. —Miró a uno de ellos. El tipo asintió—. Quién sabe, a lo mejor les consigo un papel. En la serie, digo. A lo mejor consigo que en vez de llamarse *El Chico de los Suburbios*, se llame *Los Chicos de los Suburbios*.

ESO ES, sí. Los chicos gritaron: ¡síííí!

Bingo y su amigo se dieron por vencidos. Declinaron la oferta de Pedro Juan y se alejaron de la manifestación. Caminaron en silencio, oyendo el ulular de las sirenas de policía. Al rato, Bingo le preguntó a su amigo:

—¿Y ahora qué?

—No sé —dijo el otro, cabizbajo.

—Podemos intentar volver con Sally.

—Sí.

—También podemos comprarnos un helado de chocolate.

El amigo de Bingo le echó un vistazo a su reloj. Dijo:

—Es demasiado tarde.

Bingo asintió.

—Entonces deberíamos volver con Sally —dijo.

—Sí —dijo el otro.

Pero la maquinaria del Apocalipsis Welcomiano se había puesto en marcha y no iba a detenerse porque a dos tipos melenudos les apeteciera un helado de chocolate.

Así que los sensores de Importancia Vital instalados en los diez televisores que se hacinaban en el escaparte de la tienda de electrodomésticos que había al otro lado de la calle alertaron de que había llegado el momento de que el mundo se detuviera a echar un vistazo. Y así fue. ¿Y por qué? Pues muy sencillo: Dios había muerto.

Así que los diez televisores se pusieron en marcha y Bingo dijo:

—Eh, mira.

Y el amigo de Bingo dijo:

—Oh, vaya.

Y, de repente, ahí estaba: LA NAVE.

—Sally —dijeron uno y otro, al unísono.

Cruzaron la calle.

Había diez Sallys al otro lado de la calle, en el escaparate. Estaban diciendo algo pero Bingo y su amigo no podían oírlo. Por suerte, subtitularon parte del discurso. Así que es eso, los alarmantes subtítulos cebo tienen sentido, después de todo, pensaron los dos amigos, sin decirse nada.

Uno de los subtítulos decía: No oímos nada. Estábamos demasiado preocupados por Dios, ¿es cierto que ha muerto Dios?

Otro de los subtítulos decía: El extraterrestre es enorme y peludo.

—¿Extraterrestre? —se preguntaron, también al unísono, los dos amigos.

—¿Dios?

Los amigos se dieron media vuelta. Había una chica justo detrás de ellos. Era morena. Se había pintado una sombra negra bajo los ojos.

—¿Qué pasa con Dios? —preguntó Bingo.

—Ahí dice que ha muerto —dijo la chica, adelantándose.

Llevaba una chaqueta en la mano. Iba vestida con lo que parecía un sujetador negro y una bufanda roja. También llevaba una minifalda verde y un par de zapatos blancos.

Bingo no pudo contestar.

Su amigo tampoco.

La chica dijo:

—Oh. Vaya. San Mel.

Los chicos miraron a las pantallas. Un tipo enorme, con una tortuga gruñona por nariz, estaba contándole algo a la periodista.

—Seguro que está pensando en tirársela —dijo la chica, y se rio.

—¿Qué? —se atrevió a preguntar Bingo.

—Ese poli —dijo la chica—. Está loco.

—¿Loco? —Ese era el amigo de Bingo—. ¿En qué sentido?

—Es un pervertido —contestó la chica.

—¿Uh?

Los dos amigos dudaron, al unísono. ¿Un poli? ¿Un poli pervertido? ¿Cómo dices que se llama? ¿San? ¿Qué clase de nombre es ese? ¿Melbourne? ¿San Melbourne? Estupendo. Lo tenemos. Anota ese nombre, Bingo, anótalo. Llamemos a Bossy. Digámosle que lo tenemos.

—¿Cómo sabes que es un pervertido? —preguntó Bingo.

—¿Qué clase de pregunta es esa? —La chica les miró con desconfianza.

—Oh, no, no es eso, sólo que… —Bingo no sabía qué decir.

—¿Creéis que me lo tiro?

—No. No, no —se apresuró a decir el amigo de Bingo.

—Pues a lo mejor sí. A lo mejor me lo tiro.

—¿Sabes dónde podemos encontrarle? —A Bingo le temblaba la voz.

—¿Dónde podéis encontrar a un poli? ¿Qué tal si probáis en comisaría? —La chica se rio: Juejue.

Se alejó sin despedirse. Se volvió un par de veces a mirarles. Ellos no se movieron. Parecían estar jugando al escondite inglés.

Cuando la chica dobló la esquina, Bingo le dijo a su amigo:

—Llamemos a Bossy.

—Sí.

—Se va a enterar ese poli.

—Sí.

Bingo extendió su mano derecha. El otro le imitó. La convirtieron en un puño y la agitaron, arriba y abajo, arriba y abajo, arriba y abajo, hasta que les pareció suficiente. Entonces gritaron: SUPEREMEPESUBU (YUJU).

30

A LO MEJOR NO ESTABA EN UNA ISLA DESIERTA

Mientras Bingo y su amigo llamaban a Bossy, líder del movimiento EMEPESUBU y exnovio de Sally Menke (solían decirse el uno al otro que juntos eran invencibles, pero no eran más que una pareja de marginados sociales tratando de sentirse útiles), los agentes de San Mel rodeaban la nave y acababan con la discusión entre Hinkston Lustig y sus nuevos amigos. Extraterrestre Peludo era trasladado al Centro de Investigaciones por un Nuevo Mundo de Welcome donde supuestamente debía entrevistarse con el alcalde, que le daría oficialmente la bienvenida a Welcome.

−Y, uh, y si, si, y, ¿y si me hace daño? −Claudio Arden estaba nervioso. Se había mordido el pulgar izquierdo.

−No le hará nada, señor. −Esa era Liz.

−Estaré con usted −dijo Jon Dando.

−¿Puedo ir yo también? −preguntó Nancy.

El alcalde suspiró. Se chupó el pulgar malherido.

−No −dijo Jon.

−¿Por qué no? −preguntó la cría.

Estaban instalados en la cafetería del Centro de Investigaciones. Eran las dos y tres minutos. Claudio Arden se caía de sueño.

−Tenga. Tómese esto. −Liz le tendió un par de pastillas. Eran de color mostaza.

—¿Mostaza? —preguntó Claudio.

—Sustitutas del sueño.

—¿Puedo tomar una yo? —preguntó la niña.

—No —dijo Jon.

En ese mismo momento, en una de las habitaciones del Centro, Lu Ken, Charlie Corn, Clark Roth, Luanne, Dudu y Shirley se sometían a un riguroso examen médico. Había tipos vestidos de amarillo y cascos de astronauta por todas partes.

—¿Por qué no? —insistió Nancy.

Esa vez fue Jon quien suspiró. Le dijo a Liz:

—Dale una.

Liz se la dio. La niña dijo: YUPI.

Se la tomó.

En ese mismo momento, en otra de las habitaciones del Centro, Hinkston Lustig repasaba mentalmente su discurso.

—Estupendo —dijo Jon, cuando Nancy empezó a saltar sobre la mesa.

—Es una cría —dijo Liz.

—No me gustan los críos —dijo Jon.

—¿No? —La cara de Liz se ensombreció.

Claudio Arden se echó a llorar.

—¿Señores? —les interrumpió un agente. Era pelirrojo y sólo tenía una oreja.

—¿Sí, agente? —preguntó Jon.

—Ha llamado Bossy.

—¿Bossy? ¿Y qué quiere esta vez?

—Dice que tiene el nombre del agente.

—¿Qué agente? —Jon estaba confundido.

—El agente que buscaba el señor Arden.

—¿Usted buscaba un agente? —le preguntó Jon al alcalde.

—¿Quién? ¿Yo? Yo no. —Claudio se sonó la nariz con una servilleta.

—Ya lo ha oído —dijo Jon.

—Pero tengo órdenes.

—¿De quién? —preguntó Jon.

—El alcalde dijo que teníamos que detenerle y dejarle en los Suburbios.

—¿A quién? —Jon seguía confundido.

—Oh. Es. Es eso —dijo el alcalde—. Oh, sí. Sí, sí.

—¿Sí qué, alcalde? —preguntó Jon.

—Deténganlo. Es un pervertido —dijo Claudio Arden.

El alcalde creía que el poli pervertido tenía la culpa de todo. De la corbata y de lo de Anita. Incluso de la muerte de Dios. Así que repitió:

—Deténganlo.

Liz no se atrevía a preguntar quién era el pervertido. Jon lo hizo por ella.

—¿Quién es, agente?

—Es el jefe, señor. San Melbourne.

Jon dio un salto en su silla.

—¿San Mel?

—Sí, señor.

—¿Cómo es posible?

—Deténganlo —repitió el alcalde.

Liz palideció. Suplicó:

—Oh, no, no lo haga, señor alcalde, ¿y si lo matan?

—Deténganlo —insistió Claudio.

—¿Quiere que detengan a San Mel, alcalde? —preguntó Jon.

El alcalde asintió y se tapó la cabeza con el servilletero.

A tres kilómetros de la cafetería, en aquel mismo momento, su querida hermana, Amanda Arden golpeaba a una, dos, tres, cuatro, cinco y seis enfermeras y salía de Futuro Interrumpido arrastrando una botellita de suero. Bobo suspiraba aliviado y, a continuacón, llamaba a Rita. La uña del dedo índice de Rita descolgaba en la cafetería del Centro de Investigaciones, sentada a una mesa junto a Brandy Newman.

—¡Amanda se ha escapado!

—¿Amanda?

—Ha visto a Lu por televisión. Quiere matarla.

—Oh, vaya. Pues Lu está aquí. ¿Sabe ella dónde está?

—Sí.

—Bueno, querido. Tendremos una nueva compañera cuando todo esto acabe.

—¡Rita!

—Querido, te recuerdo que Lu no nos gusta.

Brandy Newman se miró el reloj.

A las puertas del Centro de Investigaciones para el Nuevo Mundo de Welcome, un Turbulent de ruedas azules derrapó ante el montón de periodistas congregados junto al parquímetro. El motor se detuvo y la puerta del piloto se abrió.

—Walken. Es Poc -dijo Linda.

Walken miró el coche. Asintió. Linda levantó la mano. El tipo que salió del Turbulent, un tipo gordo y bajito hasta el extremo de parecer un muñeco de nieve, llevaba gafas de sol, en plena madrugada, y un sombrero de fieltro verde. Por supuesto, no vio a Linda ni a Walken y se tropezó con una farola antes de llegar a la puerta del centro. Linda sólo pensaba en sus pezones. Aquellos pezones enormes.

—¿Le habrá llamado Fred? -preguntó la chica.

Walken no contestó. Miraba en todas direcciones.

—¿Te pasa algo?

Walken negó con la cabeza.

Linda, pensativa, añadió:

—¿No estaba en una isla desierta?

—¿Quién? -preguntó Dolores Rhampa, una auténtica metomentodo.

—Nuestro jefe, Dol. Estaba en una isla desierta hasta hace unos minutos y ahora está aquí. ¿Existen aviones tan rápidos?

—A lo mejor no estaba en una isla desierta —sentenció Walken.

—¿Te has fijado bien? A lo mejor no era él —dijo Dolores.

—Era él, Dol.

—¿Entonces? —preguntó Dolores.

—A lo mejor no estaba en una isla desierta –repitió Walken.

Linda no podía apartar la visión de aquellos pezones, ENORMES, de su cabeza. Los imaginaba viajando a la velocidad de la luz.

—A lo mejor estaba AQUÍ –dijo Walken.

31

ME LLAMO HINKSTON LUSTIG Y ESCRIBO BEST SELLERS

Los dedos de Hinkston Lustig eran como salchichas peludas. Tamborileaban sobre la mesa espejo. Hinkston estaba pensando. Pensaba en Darlene, su chica. Había discutido con ella antes de meterse en la nave. Darlene no quería que lo hiciera. Decía que nunca antes nadie había viajado al margen de la ley.

—Tienes ese chisme porque eres escritor, ¿recuerdas?

—Claro.

—Te matarán, estúpido.

—No me llames estúpido.

—¿Cómo quieres que te llame?

—Hink.

—¿Hink? —Darlene se rio.

—¿De qué te ríes?

—Ni siquiera lograrás aterrizar. Te matarán, estúpido.

—Te he dicho que no me llames estúpido.

—¿Y cómo quieres que te llame?

—¡HINK, MALDITA SEA!

—Oh, vete a la mierda, Hink.

—¿Crees que no voy a volver?

—Por supuesto que no vas a volver. VAN-A-MA-TAR-TE.

—¿Quién?

—La nave se autodestruirá. No pueden ser tan estúpidos.

—¿En Welcome? ¿Lo dices en serio?

—Sí.

—No conozco a nadie que no sea estúpido en Welcome.

Darlene dudó.

—¿Y qué quieres decir con eso?

—Que la nave no se autodestruirá.

—¿Estás diciéndome que cualquier escritor puede viajar al momento en que murió Dios, comprarse un helado y regresar?

—Sí.

—Oh, vamos, Hink. ¿Y por qué no ha viajado nadie hasta ahora?

—Tú lo has dicho. Son estúpidos.

—Claro. Todos. Todos son estúpidos menos tú, cariño.

—Sí.

—Muy bien. Haz lo que quieras. Lárgate. Deja que te maten.

—Oh, Dios, Darlene.

—Vete a la mierda, Hink.

Olvídalo, Hink, se dijo Extraterrestre Peludo. Seguía esperando al alcalde. Sus dedos como salchichas peludas seguían tamborileando sobre la mesa espejo. Pasaron un par de siglos. Por fin, una voz metálica anunció:

—Señor. El alcalde está a punto de entrar, señor. Si es usted tan amable de poner las manos sobre la mesa, en las marcas azules, no tardará en llegar.

Hink le echó un vistazo a la mesa. ¿Marcas azules? De repente no había espejo. La mesa era opaca. Y había un par de manos diminutas dibujadas muy juntas.

—¡EH! ¿Y SI SON PEQUEÑAS? —gritó Hink.

—Sea tan amable de poner las manos en las marcas, señor —dijo la voz metálica.

—¿NO TIENEN NADA MEJOR?

—Señor, sea tan amable de poner...

—VOY, VOY. —Hinkston posó las manos sobre las marcas. De la mesa salieron un par de esposas—. ¡EH! ¿QUÉ ES ESTO?

Hink estaba esposado a la mesa.

—Ya puede pasar, señor alcalde —dijo la voz metálica.

Y la puerta se abrió. Un tipo enano metido en un traje de astronauta entró. Hink se echó a reír. JAUJAUJAU. La sala atronó. El alcalde intentó huir pero, oh, demasiado tarde. La puerta se había cerrado a sus espaldas. Arden se echó a llorar.

—¡NOMEHAGADAÑOPORFAVOR! —gimoteó.

—¿Usted es el alcalde de Welcome?

—Ooooh. ¿Me va a hacer daño?

—¿Cómo quiere que le haga daño?

Hink trató de levantar las manos. Apenas pudo separarlas un par de centímetros de la mesa.

El alcalde se tapó la cara. Mejor dicho, el casco. Dijo:

—¿Es usted, es un, es un, usted, es un extraterrestre?

Hink se rio (JAUJAUJAU).

Todo Welcome rio con Extraterrestre Peludo.

La entrevista se estaba retransmitiendo en directo.

—No —dijo Hink.

—¿No? ¿Entonces qué es? —preguntó el alcalde.

—Soy escritor.

—¿Es un, es un, un, es, un extraterrestre escritor?

—No. —Hink sonrió—. Sólo soy escritor.

—¿Y qué, qué, qué hacía, en una, una, una nave?

—Viajar.

—¿Adón-dónde?

—A este Welcome.

—Oh, eh, uh, ¿este?

—¿Por qué no toma asiento, alcalde? —Hink le señaló una silla.

El alcalde se sentó. Parecía un muñeco con casco de astronauta.

—Estupendo. Este Welcome es el que ustedes conocen. —Hink sabía que estaba a punto de romper la Primera Regla del Escritor Atémporo y que eso podía costarle caro, incluso era probable, como había dicho Darlene, que alguien le estuviera viendo en aquel momento, y que le hiciera volar en pedazos en cuanto abriera el pico, pero ya era demasiado tarde–. Yo vengo de otro Welcome.

–¿O-otro?

Claudio no podía ver bien a Extraterrestre Peludo porque hacía frío fuera y el casco se había empañado.

Está bien. Allá vamos, se dijo Hinkston.

–En mi Welcome existen los viajes en el tiempo y los escritores que viajan en el tiempo. Yo soy uno de ellos.

La frase era demasiado larga. Claudio no la había entendido.

–¿Cómo? –dijo.

–Me llamo Hinkston Lustig y soy un escritor atémporo.

–¿Un qué?

–Un cronista. Viajo al pasado y escribo crónicas que se convierten en best sellers en el futuro del que vengo. Así que, en realidad, soy un escritor de best sellers.

–¿Usted?

–Yo, sí. Algunos de los niños que acaban de nacer me conocerán algún día.

Ooh, sí. No he estallado, Darlene, ¿qué me dices a eso, pequeña?

–¿Y?

El alcalde se había perdido. Creía que los extraterrestres venían de otros planetas, no de otros Welcome, así que no sabía cómo tomárselo.

Los televidentes sí sabían cómo tomárselo. Se descorcharon botellas de grosella dorada en todas las casas y se brindó por la salud del Hombre del Futuro.

–Nunca antes se había viajado a este momento, porque está prohibido –prosiguió Hinkston–. Pero yo lo he hecho porque tengo algo que decirles.

–¿Algo?

Claudio se estaba aburriendo. Aquel gigante no hacía más que hablar y él no hacía más que repetir alguna de las palabras que había dicho.

—Dios está a punto de morir.

—¿Dios?

La voz metálica les interrumpió:

—Aprovechamos la ocasión para informar a nuestros tele-videntes de que Dios ha muerto esta noche.

—¿YA? —Hinkston no podía creérselo—. ¿HA MUERTO YA?

Claudio se puso en pie y corrió hacia la puerta. Gritó:

—¡ABRAN! ¡QUIERE MATARME! ¡ABRAAAAN!

La voz metálica dijo:

—Señor alcalde, vuelva a su silla.

—No, nono, no. Abran la puerta, la puerta, no me dejen, no me dejen AQUÍÍÍ...

La emisión se interrumpió. Sacaron al alcalde de la celda. Los welcomianos no pudieron verlo. El realizador había sustituido la entrevista por el capítulo empezado de una serie poco conocida.

—¿Qué demonios pasa?

Fred Ladillo estaba solo en la redacción del *Welcome Times*. Al fin y al cabo, alguien tenía que escribir el periódico del día siguiente.

—¿Se han vuelto locos?

¿Con quién podía hablar Fred más que consigo mismo?

—Tengo que llamar a Poc.

A punto estaba de descolgar, cuando el teléfono sonó. Descolgó. Dijo:

—*Welcome Times*.

—Fred, soy Linda.

—Ah, hola, Linda, ¿qué hay?

—Poc ha vuelto.

—¿De la isla desierta?

—Sí. Está aquí.

—¿Dónde?

—Oh, Dios mío. —Linda se apartó del auricular. Dijo—: Esos malditos pezones.

—¿Linda?

—Fred.

—¿Qué dices de unos pezones?

—Oh, nada. Es Poc. Está a punto de entrar en directo.

—¿En televisión? ¿Poc?

—Tres, dos, uno, oh, te dejo, Fred.

Linda colgó.

—¿Qué ha querido decir con eso? ¿Puede haber vuelto Poc? ¿Y la isla desierta? ¿Y si están tratando de suplantarle? Oh, Dios mío, tengo que parar esto.

Fred descolgó el teléfono, pero antes de marcar el número de Poc, levantó la vista y le vio.

—Así que era cierto. —Fred colgó.

Abrió su editor de textos y se dispuso a escribir. En la pantalla, Poc se quitó un sombrero verde y unas gafas oscuras.

32

¿QUIÉN ES, EN REALIDAD, PONY CARO?

Poc sonreía como si, en vez de un tipo gordo y bajito, fuese un robot alto y guapo, de esos que anuncian pasta de dientes. Llevaba una de sus ridículas pajaritas a cuadros y se había peinado hacia atrás, como si tuviera el suficiente pelo para hacerlo. Bizqueaba de vez en cuando y se tocaba los labios, gordos e intranquilos como un par de zapatos de claqué impacientes. La periodista no habría podido hacerlo aunque hubiera querido. No tenía labios ni cejas. Su cara había sido hábilmente reconstruida en una maratoniana sesión de maquillaje.

—¿Ha venido en representación del *Welcome Times*, señor Caro? —le preguntó.

—No —dijo Poc.

—¿Quizá para charlar con el alcalde?

—No. —Poc seguía sonriendo.

—¿No? ¿Entonces quiere ver al extraterrestre?

—No. —Poc se tocó los labios—. En realidad he venido a hablar con usted.

—¿Conmigo?

Hasta el momento, Fred había escrito en su editor: «Anoche, el director de este periódico, Pony Caro, se presentó en el Centro de Investigaciones para un Nuevo Mundo de Welcome, con la intención de...».

—¿Con ella? —se preguntó Fred.

Poc se rio. Su risa recordaba vagamente a la de Extraterrestre Peludo (JAUJAU).

—No, no con usted, sino con ustedes. Con todos ustedes —dijo Poc, señalando a la cámara—. Ustedes que están en sus casas y que, con toda seguridad, ya saben que Dios ha muerto y están preocupados por el futuro de Welcome.

—¿Qué quiere decirnos? —preguntó la periodista.

—¿Me permite un segundo? —Poc le quitó el micrófono.

—¡Eh!

—Sólo será un momento. ¿Puedes cerrar el plano? —le preguntó al cámara.

—Pero ¿qué hace? ¿Se ha vuelto loco?

Fred no daba crédito a lo que veía. Poc siempre había declinado ese tipo de ofertas. Se ponía hecho una furia cuando alguien le pedía una entrevista. Era capaz de hacer que despidieran a quien lo había sugerido.

—Bien. Sólo será un momento, ¿de acuerdo? —dijo Poc sonriente—. Gracias. No me extenderé, lo prometo. —Se retocó la pajarita. Prosiguió—: Sé que muchos de ustedes se preguntan qué va a pasar ahora que Dios ha muerto, ¿verdad?

En sus casas, los welcomianos se preguntaban:

—¿Quién es ese tío?

—¿Han vuelto a cortar la serie?

—¿Qué querrán ahora?

Y cuando estaban a punto de cambiar de canal, alguien decía:

—Espera, a lo mejor vuelve el extraterrestre.

Y seguían escuchando a aquel tipo gordo.

—Bien. Pues tengo algo que decirles. —Poc se aclaró la garganta—. Yo. EJEM. Yo me propongo, eh, me propongo ocupar su papel, digo, su lugar.

—¿Qué lugar? ¿El de Dios? —preguntó Fred, desde su silla en la redacción.

—Voy a comprarlo todo.

Fred escribió: «Anoche, el director de este periódico, Pony Caro, se presentó en el Centro de Investigaciones para un Nuevo Mundo de Welcome, y anunció su intención de convertirse en Dios. Dijo: "Voy a comprarlo todo"».

–Tengo mucho dinero. Ustedes no lo saben pero yo no soy quien ustedes creen. Tengo dinero. Tengo mucho dinero. Y he estado esperando este momento desde que Rico Imperio me quitó el título de Personaje Más Popular de Welcome. Hace casi diez años de… Oh. Bueno. Quizá debería haber empezado por ahí.

Entonces ocurrió. Poc dejó de ser Poc. El tipo gordo y bajito se tocó el cuello, la base del cuello por el lado izquierdo, y dejó de ser gordo. FLUP. Se desinfló

–¿Qué ha sido eso?

Fred descolgó un teléfono sin darse cuenta, se lo colocó en la oreja y marcó un número al azar.

–¿Sí? –una voz soñolienta respondió al tercer tono.

–¿Está viendo el *Welcome Te Ve*?

–¿Cómo?

–¡Encienda la tele!

–¿Quién es usted?

–Fred Ladillo, del *Welcome Times*.

–Oh.

–¡Encienda la tele!

–Sí. –Quienquiera que fuese, encendió la tele. Dijo–: Ya está.

–¿Ve a ese hombre?

–Sí.

–¡Acaba de desinflarse! –dijo Fred.

–¿Ah, sí?

–Sí. Antes era… Un momento.

Fred dejó el teléfono sobre la mesa. Poc seguía hablando, pero ya no era Poc.

–¿Les recuerdo a alguien? Bueno, es probable que no, hace casi diez años que no me ven.

Poc se sacó una fotografía del bolsillo. Fred la conocía bien. La había tenido en la mesita de noche durante al menos un año, después de la muerte del escritor.

—¿RONDY? —gritó Fred.

La voz soñolienta del teléfono dijo, desde la mesa:

—¿Oiga?

—¡NO PUEDO CREÉRMELO!

—¿Señor?

Fred se puso en pie y subió el volumen de la tele. Volvió a sentarse. Olvidó el teléfono. La voz soñolienta colgó.

—Sé que muchos de ustedes estarán muy enfadados conmigo, pero, créanme, no tenía otro remedio. Estaba pasándolo francamente mal. Rico Imperio era el personaje más popular de Welcome. ¡Me había arrebatado el título! ¿Y todo por qué? ¡Porque no les había gustado mi última novela! ¿Por qué no les gustó? ¿Fue aquel crítico? Yo creo que sí. Fue él. Pero desapareció. Y eso no cambió nada. Yo creí que iba a cambiar algo pero no cambió nada. Rico Imperio se hacía cada vez más y más popular. Construía y construía centros comerciales. Ustedes podían pasar la noche comprando y protagonizar series de televisión sobre médicos en hospitales convertidos en parques de atracciones. Yo les había hecho soñar y él estaba haciendo realidad sus sueños. Así que me maté.

Los dedos de Fred corrían veloces por el teclado.

—Ahí tienes un titular —se dijo.

Poc-Rondy seguía hablando:

—Si no me hubiera matado me habría vuelto loco. Por suerte, Londy estuvo a mi lado desde el principio. Seguimos las noticias que se publicaron a mi muerte y, gracias a la fama que alcancé tras el entierro, recuperé las ganas de vivir e incluso de volver a la ciudad. Fue entonces cuando creé a Pony Caro y utilicé mi ingenio para apoderarme del *Welcome Times*. No me culpen, yo sólo quería volver, y no podía hacerlo como Rondy. Rondy había muerto y muerto era ENORME, no sólo era el personaje más popular de Welcome sino el único clásico de la ciudad.

Poc-Rondy le tendió el micrófono a la chica y se enjugó una lágrima. El cámara abrió el plano. Dolores Rhampa disparó:

—¿Está diciéndonos que es usted RONDY RONDY?

—Eso he dicho —dijo Poc-Rondy.

Oh, Dios mío, RONDY: Todos los periodistas de Welcome me envidian en este momento. Voy a entrevistar a RONDY RONDY recién resucitado.

—¿Y ha vuelto de entre los muertos? —preguntó Dolores.

—Algo así.

—¿Quiere dar el pésame por la muerte de Dios?

—Por supuesto. Siento mucho la muerte de Dios.

—¿Y quiere conocer al extraterrestre?

—¿El extraterrestre?

—Hinkston Lustig. Es escritor, como usted.

—Oh, vaya, escritor. Bien. ¿Me lo presentará usted?

Poc-Rondy había dejado de llorar. Volvía a sonreír. Parecía estar intentando conquistar a alguien que no era Dolores Rhampa.

—Claro. Se lo presentaré. —Dolores sonrió. Oh, mamá, ¿me estás viendo?—. Si no he entendido mal, ahora es usted Dios, ¿verdad?

—Sí.

—¿Cuándo hará efectiva la compra de todos sus bienes?

—Hoy mismo. En cuanto amanezca —dijo Poc-Rondy, el nuevo Dios.

—¿Y cómo cree que se lo tomarán los welcomianos?

—Estupendamente. Los welcomianos quieren a Rondy. Me atrevería a decir que me quieren más que a Dios. Siempre ha sido así. —Rondy se quitó la pajarita. Se sacó un bolígrafo del bolsillo interior de su americana e hizo un garabato en la foto que tenía en la mano. Luego dijo—: Ahora, si me permite, tengo que hablar con el alcalde.

—Oh, sí —dijo la periodista.

—Esto es para usted. —Rondy-Dios le tendió la foto a la señorita Rhampa.

—OH. GRACIAS.

—Guárdela bien. Ya vale una fortuna.

El delgado y atlético Rondy Rondy se dio media vuelta, subió las escaleras y abrió la puerta del Centro de Investigaciones para un Nuevo Mundo de Welcome. En la pantalla, Dolores Rhampa daba saltos de alegría y enviaba saludos a su madre, a su padre, a sus hermanos y hasta a sus pirañas.

33

SANGRE DE FRENTE PELUDA EN EL VESTUARIO DE CHICAS

Rita Sedán estaba tratando de hacer sentar al perro en una de las sillas que había junto a la cama. Bobo estaba marcando el número de Ginger. Era la sexta vez que lo marcaba. Ella había descolgado tres veces y él no se había atrevido a decir nada. Quería decírselo todo pero no sabía cómo hacerlo. Su madre llamaba estúpido al perro. El perro gimoteaba. Bobo volvió a colocarse el teléfono en la oreja. Un tono, dos, tres.

–¿Sí?

Silencio.

–¿Quién es?

Bobo no dijo nada.

–¿Clark? –preguntó Ginger.

–¿Clark? –Oh, oh: Bobo había hablado.

–¿Quién es?

–¿Ginger?

–¿Clark?

–No, eh, Bobo.

–¿Bobo?

–Sí.

–¿Qué pasa?

A Ginger no le sorprendió que Bobo hablara. En realidad, Ginger creía que Bobo hablaba con todo el mundo menos con ella.

–Lu.

–Es muy tarde, Bobo.

–Sí.

Bobo miró a su madre. Había conseguido sentar al perro y le estaba dando una revista. El perro parecía estar muerto de miedo.

–¿Qué pasa con Lu?

–Amanda. –Bobo estornudó.

–¿Estás bien?

–S-sí. Sólo es que. Bueno. Creo que Amanda va a matar a Lu.

–¿Cómo lo sabes?

–Se ha escapado del hospital.

–Oh.

–Sí.

–¿Y dónde está ahora?

–Supongo que en el Centro de Investigaciones para un Nuevo Mundo.

–¿Con el extraterrestre?

–Sí.

–¿Has visto al extraterrestre?

–Sí.

–Es grande.

–Ginger. –Bobo sintió náuseas.

–Oh, Bobo, estás muy raro –dijo Ginger.

Bobo se la imaginó sonriendo. Dijo:

–Te quiero, Ginger.

–¿Tú?

–Sí.

Ginger miró a Eduardo. Estaba ojeando un libro. El teléfono lo había despertado. De perfil, Ginger no lograba recordar por qué se había enamorado de él.

–Oh, Bobo. Ahora no puedo hablar. ¿Podemos vernos?

A Bobo le dio un vuelco el corazón.

–Claro –dijo.

–Podemos desayunar juntos mañana.

Tanto uno como el otro habían olvidado el peligro que corría Lu. Cuando Ginger colgó, se dio media vuelta en la cama, y se durmió. Eduardo seguía ojeando un libro. La madre de Bobo seguía discutiendo con el chucho y Bobo, Bobo estaba soñando.

Mientras, Amanda había conseguido burlar la seguridad del CINUMUWE (el Centro de Investigaciones para un Nuevo Mundo de Welcome), que seguía de cerca al nuevo Dios de Welcome, y había encontrado a Lu Ken en un vestuario para chicas. Se estaba vistiendo. Luanne y Shirley estaban con ella.

Lu y las chicas habían sido sometidas a más de un centenar de estúpidas pruebas y habían tenido que cantar el himno de Welcome (oh, sí «Haz conmigo lo que quieras») al menos seis veces ante un micrófono verde que, supuestamente, descartaba cualquier irregularidad en lo que a procedencia se refería. La principal teoría de los investigadores del CINUMUWE era que los seis testigos de la apertura de la nave tenían algo que ver con ella y, por lo tanto, bien podían proceder de otro planeta. O de otra Welcome, como decía Extraterrestre Peludo, hecho que, tras comprobarse, motivó la recuperación del que había sido el eslogan de la ciudad (elegido por el mismísimo Manuel Gatopardo) antes de Anita Velasco: NO HAY VIDA FUERA DE WELCOME.

En su momento, semejante máxima había dado pie a leyendas urbanas de todo tipo, entre las que destacó la del Gran Desierto. La leyenda del Gran Desierto empezaba con un tipo corriente, un tipo que quería ver mundo, y que resultaba ser el mejor amigo del primo de la mejor amiga de quien fuera que estuviera contando la historia. El chico en cuestión había intentado salir de la ciudad y lo había hecho, sí, pero más allá de la colina en la que se erigen las Siete Letras (así es como se llama la colina: Colina de las Siete Letras), no había encontrado nada. Había pasado tres días y tres noches conduciendo y lo único que había hecho era alejarse de la ciudad. Una vez se hubo acabado el asfalto, había seguido, uno, dos, tres días más, levantando polvo a su alrededor, hasta que la gasolina (no sólo la del depósito sino la de todas las latas que había conseguido meter en el maletero) se acabó. Y entonces tuvo que volver a pie y llegó a Welcome al borde de la muerte. Cuando recuperó el habla, dijo:

—Era cierto. No hay vida fuera de Welcome.

Poco después murió de forma estúpida: se tragó el cepillo de dientes. Acababa de comer y estaba cepillándose los dientes, pero como no podía estarse quieto (oh, sí, el tipo quería ver mundo), no hacía más que dar vueltas por la casa. Pasillo arriba y pasillo abajo. Hasta que se pisó los cordones de los zapatos, se cayó y se tragó el cepillo.

—¿Qué ha sido eso? —preguntó Luanne.

Luanne se caía de sueño. Acababa de ponerse la camiseta y se estaba alisando la falda. Shirley se había guardado la corbata en el bolsillo. No sabía hacerse el nudo sola y también se caía de sueño. Lu era la única que parecía estar despierta.

—¿El qué? —preguntó la periodista. Se estaba subiendo los pantalones.

—E...so —dijo Luanne, extendiendo un dedo hacia la especie de muerto viviente que se acercaba.

Shirley gritó. La botellita de suero hacía un ruido terrible al arrastrarse. Lu levantó la vista. Le cambió la cara. Dio un paso atrás.

—¿Amanda? —dijo.

—¡VOY A MATARTE, ZORRA ESTÚPIDA! —Amanda se acercaba.

—¿Amanda? —Lu no se movió.

—¿Quién es? —preguntó Shirley.

Mi exjefa —dijo Lu.

—¿EX? —Amanda se detuvo.

—¿Por qué grita? —Luanne parecía molesta.

—¿No vas a despedirme?

Lu estaba temblando. Se tocó la oreja izquierda. Sabía que Amanda era experta en arrancar orejas.

—VOY A MATARTE, ZORRA ESTÚPIDA! —repitió Amanda, abalanzándose sobre ella.

La tiró al suelo. Le dio un puñetazo. Dos. Tres. Cuatro. Seis. Tantos como minutos tardó Shirley en sacar su Rundgren de la cartuchera. Apuntó sin pulso al bulto que formaban las dos mujeres en el suelo y dijo:

—Pare o dis-dis. —Oh, Dios mío, tranquilízate, querida. Amanda se dio media vuelta. La mano de Shirley temblaba.

—BAJA ESO.

—No.

—BÁJALO O TE MATARÉ A TI TAMBIÉN.

—No.

—¿QUIERES QUE TE MATE?

Shirley cerró los ojos. Contó uno, contó dos, contó tres. Disparó.

Cuando abrió los ojos, Amanda seguía en pie, pero se tocaba la frente. Su frente peluda. ¡OH, SANGRE!, decía, ¡SANGRE!

—¡ME HAS MATADO, ESTÚ…! —Silencio.

Amanda movía la boca pero ¿qué decía? ¡Nada! Empezó a darse golpes contra la pared de las duchas.

—¿Ha funcionado? —preguntó Lu, desde el suelo.

Lu se refería a su conjuro vudú. Shirley creyó que se refería a su disparo. Preguntó:

—¿La he matado?

—No. Sólo es un rasguño —dijo Luanne—. Salgamos de aquí. Shirley dejó caer la pistola. Luanne la recogió.

—¿Lu?

Amanda seguía gritando en silencio.

—Voy. —Lu se levantó. Se tocó la cara. Le dolía.

—¿Se va a morir? —preguntó Shirley, señalando a Amanda.

—Ya está muerta —dijo Lu.

Amanda la miró asustada. ¿Muerta?

—Sí, Amanda, lo estás —dijo Lu.

—Vámonos. —Luanne cogió a Shirley de la mano. La acompañó hasta la puerta.

—Pero estás atrapada en Welcome —mintió Lu.

¿Atrapada?, preguntó la mirada miope de Amanda.

—Ya sabes lo que dicen —dijo Lu.

—¿QUÉ? —preguntó Amanda, en silencio.

—No hay vida fuera de Welcome.

Amanda trató de arrancar un grifo. Quería lanzárselo a Lu. Hacer que sangrara. Como ella. Sangre, sangre. UHMPF. No podía.

—Y si no hay vida, ¿por qué iba a haber muerte? Luanne y Shirley habían salido. Lu se acercó a la puerta. Amanda echó a correr tras ella. Lu salió. Amanda se abalanzó sobre la puerta. Tengo que salir, se dijo, y trató de hacer girar el pomo. No podía. UHMPF. No puedo, se dijo. NO. ¿Por qué no? La voz de Lu repitió: Estás muerta, Amanda.

Y Amanda miró el pomo asustada.

—¿MUERTA? —gritó, en silencio.

Luego volvió a intentar hacerlo girar y no pudo.

Lu lo aguantaba del otro lado.

34

¿Y QUÉ GANARÍAMOS CON ESO?

Jon y Liz estaban despiertos, mirando al techo, cuando dieron las diez. Habían acostado al alcalde cerca de las cuatro de la madrugada (Claudio Arden había hablado con Rondy Rondy antes de meterse en el coche. Rondy le había dicho que pensaba convertirse en Dios y el alcalde le había dicho que le parecía bien) y se habían metido en la cama, pero no habían podido pegar ojo. Habían discutido respecto al asunto de San Mel. Jon decía que debían impedir su captura pero Liz no lo tenía tan claro.

—Tengo algo que decirte, Jon —dijo Liz.

—Oh, Liz, déjalo, ¿quieres? Estoy pensando.

Liz se calló. Se dio media vuelta y dibujó una jota en la sábana.

—¿Qué piensas? —le preguntó.

—Sé que podemos hacer algo por Mel.

—¿Quieres que dejemos de vernos?

—¡LIZ! ¡Me refiero a su captura!

Liz se volvió a mirarle. Dijo:

—Podemos convocar elecciones.

—¿Convocar elecciones?

—Sí.

—¿Cómo?

—Arden firmará cualquier cosa que le ponga delante.

Jon estaba pensando. Se tiró dos siglos pensando. Luego dijo:

—¿Y qué ganaríamos con eso?

—El alcalde no saldría elegido y la condena de San quedaría invalidada.

—Oh. Vaya. Sí —dijo Jon.

—Pero, escucha, Jon, quizá sería mejor que lo dejáramos.

—¿Tú y yo?

—No. —Liz sonrió. Jugueteó con su pezón—. Quizá sería mejor no liberarle.

—¡LIZ! ¡Es tu marido! —Jon se incorporó de repente.

—¿Y? No es a mi marido a quien quiero. Es a ti.

—Pero... No. No podemos hacerlo.

—¿Por qué no?

—San es un buen tipo.

—Oh, vamos, Jon, ES ESTÚPIDO.

Jon suspiró.

—Sí. Pero es un buen tipo.

—Sabes que él no movería un dedo por ti.

—¡LIZ! ¡Claro que lo haría!

—Oh, ya. San sólo piensa en el pequeño San.

Liz conocía bien a su marido.

—Convocaremos elecciones —dijo Jon.

—Oh, no. —Liz hundió la cabeza en su almohada.

—Sí, lo haremos. Me presentaré como candidato. Derrotaré a Arden.

—¿Tú? ¿Alcalde? —Liz se rio.

—¿Por qué no?

Mientras Liz y Jon discutían, San Mel daba vueltas en una celda.

—¿Qué hago aquí? —le preguntó a uno de los agentes que lo custodiaban.

—Espera, señor.

—¿A quién?

—Tienen que venir a buscarle, señor.

—¿Quién?

—Los chicos de los Suburbios, señor.

—¿Para qué?

—Para llevárselo, señor.

—¿He hecho algo malo? —San Mel tenía miedo.

—Sí, señor.

—Oh. —San Mel se resignó. Preguntó—: ¿He matado a alguien?

—No, señor.

—¿Entonces?

San Mel no dejó de preguntar hasta que apagaron las luces. No es que se hubiera hecho de noche, es que habían fingido que lo era para callarle.

Funcionó.

En menos de tres días, San Mel regresaría a casa. Por orden de Pedro Juan, los chicos de los Suburbios se desentenderían del asunto y nadie pasaría a buscarlo. Así que Liz iba a llevarse un susto de muerte cuando le viera entrar en casa, sano y salvo. Entre otras cosas, porque iba a pillarla en la cama con Jon Dando, que nunca llegaría a alcalde por ese lascivo desliz. Pero todo eso ocurriría en menos de tres días.

En aquel momento, Júpiter Ron recogía sus cosas. Había decidido desaparecer. Dios había muerto y con él, su mundo y el del estúpido Claudio Arden. Así que no tenía que matar al chico. Eso sí, como movido por un sentido del deber que escapa a toda lógica, había llamado a su casa y le había pedido perdón. Le había dicho:

—Retira lo que dijiste. Han detenido al tipo equivocado.

Pedro Juan le reconoció al instante. Se le heló la sangre. Dijo:

—Oh, sí. Lo haré, señor —y hundió su cara entre los pechos de la chica que tenía más cerca—. ¿Va a hacerme daño, señor?

Jup sonrió. Dijo:

—No, hijo, no.

—Gracias, señor —dijo el chico.

Y entonces fue cuando, conmovido, Jup susurró:

—Lo siento, hijo —y colgó.

Porque el viejo Jup ya no era el viejo Jup. Mejor dicho, estaba a punto de dejar de serlo. Ya había pedido hora en la mejor clínica de cirugía estética de Welcome. En su cabaña le esperaba el apuesto revisor de invitaciones, que estaba dispuesto a creer que era Bette, su queridísima Bette Hellburn.

—Adiós, Jup —se dijo a sí mismo, mientras colocaba el espejo de mano en la cima de la caja de cartón en la que había reunido sus pertenencias. Miró con cariño la botella de Brandy Newman, recordando aquella lejana mañana en su despacho y dijo—. Adiós, Brandy.

35

EXTRATERRESTRE PELUDO HACE PEDAZOS
A CLAUDIO ARDEN

Fred Ladillo no había pegado ojo. Había escrito cuatro páginas interiores y la portada y luego había esperado a oír las primeras reacciones y había empezado a escribir la que, con toda seguridad, sería la segunda edición vespertina del *Welcome Times* en mucho tiempo. Linda y Walken fueron los primeros en llegar por la mañana y encontraron a Fred engullendo un par de pastillas mostaza. Escribía sin parar.

–Buenos días –dijo Linda.

Fred no contestó.

–A lo mejor se ha vuelto loco –dijo Walken.

–¿Por qué iba a volverse loco? –preguntó Linda.

–No creo que supiera lo de Rondy –dijo Walken.

–RONDY –gritó entonces Fred y dejó de escribir–. Oh, buenos días.

–Buenos días, Fred –repitió Linda–. ¿Todo bien?

–Oh, sí, estupendamente, querida. Estupendamente.

–¿Has pasado la noche aquí? –preguntó Walken.

–No. Bueno, sí. Claro. ¿Dónde iba a haberla pasado?

Linda no pudo contenerse.

–¿Sabías lo de Poc, Fred?

Fred se puso a escribir.

–No.

—¿Cómo ha podido, eh, Fred, cómo lo ha hecho? —preguntó Walken.

—Buena pregunta, sí. Buena pregunta. —Fred cambió de tema—. ¿Puede alguien llamar a Clark? Necesito hablar con él.

—Yo lo haré, Fred. —Linda se alejó y descolgó un teléfono.

Walken no se fue.

—¿Qué haremos ahora? —preguntó.

—Escribir —dijo Fred, escribiendo.

—¿Rondy va a dirigir el periódico?

—Eso creo.

—¿Y sobre qué vamos a escribir?

Fred dejó de escribir.

—¿Sobre qué crees que vamos a escribir?

—No lo sé.

—Fred. Clark está al teléfono. ¿Te lo paso? —Esa era Linda.

—Pásamelo, sí —dijo Fred.

Fred tuvo que colgar el teléfono que seguía sobre la mesa para poder hablar con Clark. Lo colgó y lo descolgó. Clark le dio los buenos días.

—Clark. Te felicito.

—¿Por qué?

—Sé que estuviste con el monstruo.

—Oh, sí.

—Y también sé que encontraste a Lu Ken.

—Oh. Bueno. Sí.

—Clark. Quiero que la traigas.

—¿Te refieres a Lu Ken?

—Sí.

—¿Quieres entrevistarla?

—Sí.

—Oh, vaya. Veré lo que puedo hacer.

—Está bien, Clark. Eres estupendo, Clark.

—Gracias, Fred.

Media hora después, Clark entraba en la redacción del *Welcome Times* seguido de una irreconocible Lu Ken. Los seis puñetazos de Amanda habían vuelto su cara de un violeta verdoso que poco tenía que ver con su acostumbrada palidez.

Ni siquiera Nona la reconoció.

Además de secretaria de Fred Ladillo, Nona era profesora. Daba clases de vudú en una de las tres habitaciones de la casa que había heredado de su abuelo, el chico para todo de Don Manuel Gatopardo, exalcalde de Welcome. Era allí donde Lu Ken había aprendido a jugar con muñecos de trapo que eran algo más que muñecos de trapo.

Tampoco Fred la reconoció.

Clark la acompañó hasta su despacho y se la presentó. Luego dijo:

—Os dejo solos.

Y Fred se puso a mirarla con descaro. Trataba de encontrarle cierto parecido con la fotografía de Lu Ken que el *Welcome Times* había publicado el día anterior. Sí, es rubia, se dijo, y sí, parece tener los ojos azules, pero ¿qué más?

—¿Le ocurre algo, señor? —preguntó Lu.

—No. —Fred estaba mascando un palillo—. Nada.

—Supongo que le asusta mi aspecto.

—Un poco —dijo Fred.

Lu sonrió. Al menos, lo intentó.

—¿Sabe una cosa? Ese tipo, Hinkston Lustig, es una bomba —dijo Fred luego.

—¿Sí?

—Sí. Ha destrozado al alcalde. Lo ha hecho pedazos.

La descompuesta cara de Lu cambió de forma.

—Informativamente hablando, claro —añadió Fred.

—Oh, vaya.

—¡La gente lo adora!

—¿Cómo lo sabe?

—¡Eche un vistazo a los índices de popularidad! ¡El alcalde ha desaparecido!

Fred le tendió un montón de papeles. Lu los cogió.

—Rondy está en otro plano, por supuesto, no todos los días resucita una leyenda, pero ese tipo, Hinkston Lustig, llegará lejos.

—¿Usted cree?

—¡Claro!

Fred se había animado. Ya no le daba miedo la chica.

—Oh, vaya —dijo Lu.

—¿Y sabe por qué está usted aquí hoy?

Lu se ruborizó. El corazón le latía (BUM-BUM-BRRROUM) demasiado rápido. Estaba a punto de pedirle que, OH, POR FAVOR, ¿no habría un lugar para mí aquí?

—No —dijo Lu, tratando de encontrar la cremallera de su bolso.

Quería mostrarle su currículum. Oh, tengo el mejor currículum de Welcome, se lo aseguro, iba a decirle.

—Pues porque la quiero en mi equipo —dijo Fred.

—¿En su… equipo?

—Sí —dijo Fred, resuelto, y recogió los índices de popularidad.

—¿Lo dice en serio?

—¿Cree que bromeo?

—Oh, no, no. Sólo es que. Bueno.

—Es usted una buena periodista, señorita Ken.

Lu volvió a ruborizarse.

—Oh, vaya. Gracias. —Se estaba dando aire con la mano.

—Hasta ahora las reglas eran las reglas pero Welcome está cambiando.

—¿A qué se refiere?

—Sabe usted que mi equipo de investigación está formado por… —Fred le explicó el asunto de la necesaria descendencia de periodistas de investigación. Lu Ken asintió—. Y eso ha sido así hasta ahora porque, como imagino que les ocurría a ustedes en su revista, no podíamos contar la verdad.

—¿Ustedes tampoco cuentan la verdad?

—Exacto. Todo el mundo cree que lo hacemos pero no lo

hacemos. Negociamos versiones alternativas de la verdad. Ese es el secreto del periodismo welcomiano.

Lu Ken se quedó sin habla.

—Pero estoy convencido de que todo eso está a punto de cambiar —dijo Fred—. Y por eso la quiero en mi equipo. Periodistas como usted y como Clark podrían ganar un Welcomitzer cada día. Sería estúpido dejarlos escapar, ¿no cree?

—Oh, gracias —dijo Lu—. Es usted muy amable, señor. Precisamente. Oh, bueno, supongo que ustedes ya saben que no hay ninguna serie de televisión.

—¿Cómo dice?

—¿No lo saben?

Lu le habló de Sarah.

—Es un buen tema. Imagino que si Poc, eh, quiero decir, Rondy, quiere cargarse al alcalde, nos dejará publicarlo. Déjeme hacer un par de llamadas. Le diré algo.

—Sí —dijo Lu.

—Bien. —Fred se puso en pie. Lu lo imitó. Se estrecharon las manos—. Bienvenida al equipo de investigación del *Welcome Times*.

—Gracias, señor La…

—Llámeme Fred.

—Fred.

—Y ahora salga ahí fuera y pregúntele a Clark dónde puede sentarse.

—Sí —dijo Lu, se dio media vuelta y, antes de salir, añadió—: No voy a defraudarle, Fred. Puede estar seguro de que no lo haré.

—Lo sé —dijo él.

Y ella salió. Fred descolgó el teléfono. No tuvo tiempo de marcar el número de Poc-Rondy. Nona entró y le tendió una carta con membrete de El Rancho.

—Señor, es para usted. La envía el alcalde. Dice que es urgente.

—Gracias, Nona.

Fred recogió la carta. La abrió. La leyó. Nona seguía junto a la puerta cuando volvió a meterla en el sobre.

—¿Es algo malo?

—Creo que no. –Fred escupió el palillo a la papelera–. Elecciones.

—¿AHORA?

—El mejor momento.

Fuera, Arto estaba leyendo en voz alta su farsa sobre Londy Londy. Había vuelto a salir publicada, pero sólo en los primeros cientos de ejemplares. Lu Ken se sentó junto a él. Linda y Walken se presentaron. Arto intentó hacer caer a Walken al suelo y estuvo riéndose de él hasta que Linda amenazó con llamar a Fred.

—Ya te acostumbrarás –le dijo a Lu.

—Supongo –dijo ella.

Linda y Walken volvieron a sus mesas. Arto se acercó a Lu.

—¿Qué te ha pasado en la cara?

—Una pelea –dijo Lu.

—¿Una chica dura, eh?

Lu asintió.

—Me gustan las chicas duras. –Arto se sentó a su lado. Le puso una mano en la rodilla–. Soy Arto México.

—Lu Ken –dijo ella.

Se estrecharon las manos. La de la rodilla y una de Lu.

—Así que tú eres la famosa Lu Ken.

—Supongo.

—¿Supones?

—No creo que sea famosa.

—¿Viste tu foto en la portada? ¡Era ENORME!

—Ah, sí, eso.

Lu encendió su ordenador. Preguntó la contraseña. La tecleó. Arto se balanceaba en su silla, pensativo.

—¿Hacés algo esta noche? –le preguntó luego.

—No –dijo Lu, y sonrió, con aquella sonrisa amoratada.

—¿Qué te parece si cenamos juntos?

Lu le miró de arriba abajo. No estaba nada mal. Era guapo, era alto, vestía como lo habría hecho un vaquero (aquel día llevaba hasta el sombrero), tenía los ojos negros y los pies grandes. Y, lo más importante, era un auténtico periodista de investigación. Lu había deseado tirarse a uno desde que cumplió los dieciocho.

—Me parece bien —dijo.

—Estupendo —dijo Arto—. Estupendo.

Linda le miraba con desprecio. Trenzó su mano en la de Walken. Walken no se atrevió a mirarla. Ella susurró:

—¿Te lo crees ahora?

Walken dijo:

—Sí.

Fue entonces cuando Fred salió de su despacho y gritó:

—¡QUIERO A TODO EL MUNDO TRABAJANDO! ¡ESE MALDITO ARDEN ACABA DE ADELANTAR LAS ELECCIONES!

—¿Elecciones? —Ese era Clark Roth.

—Ya me habéis oído.

—¿Y qué hay de la sección de política? —preguntó Arto.

—Están en casa.

—¿Y qué hacen en casa? —insistió Arto.

—Es domingo.

—¿Y?

—Sólo nosotros trabajamos en domingo.

—¿Y qué quieres que hagamos, Fred? —preguntó Linda.

—Elaborar una lista de candidatos. Entrevistas. Ese tipo de cosas.

—¿Para cuándo? —preguntó Clark.

—Para ya.

—Me refiero a las elecciones.

—En quince días. Siete de campaña.

—¿Hay un motivo? —preguntó Walken.

—TÚ eres el motivo, Wal —dijo Arto.

—Arto. —Fred se puso serio—. No hay motivo. Aunque creo que Poc (oh, bueno, Rondy) está detrás del asunto. Supongo que vio el ridículo que hizo Arden anoche y no quiere tenerlo como socio en el gobierno.

—A propósito de Rondy, Fred, ¿cómo es posible que llevara diez años dirigiendo este periódico? —preguntó Clark.

—Buena pregunta, Clark. Buena pregunta —dijo Fred.

—¿Y? —insistió Clark.

—Un momento —dijo Fred.

Se dio media vuelta y se metió en su despacho. Descolgó el auricular y marcó el número de Poc-Rondy. Uno, dos, tres tonos. Fred abrió un cajón y buscó la cajita de palillos. La encontró. Se metió uno en la boca.

—¿sííí?

—¿Poc?

—¿QUIÉN ERES?

—Poc, soy Fred.

—AH, HOLA, FRED. VOY EN EL DESCAPOTABLE. APENAS TE OIGO.

—Sólo un par de cosas, Poc.

—PUEDES LLAMARME RONDY, FRED.

—Si. Bueno, el caso es que los chicos quieren saber cómo es posible que llevaras diez años dirigiendo el periódico.

—DILES QUE MAÑANA ME PASARÉ POR AHÍ. DILES QUE ME PASARÉ CON EL NUEVO ALCALDE.

—¿El nuevo alcalde?

—ARDEN HA ADELANTADO LAS ELECCIONES.

—Lo sé.

—¿Y ADIVINAS QUIÉN VA A SUSTITUIRLE?

—¿Tú?

—¡YO SOY DIOS, POR MÍ, FRED!

—Oh, sí, claro.

—ECHA UN VISTAZO A LOS ÍNDICES DE POPULARIDAD.

—Por cierto, Poc, he contratado a Lu Ken.

—HAZ LO QUE CREAS OPORTUNO, FRED.

—Tenemos una entrevista con la única superviviente del CC33, ¿la publicamos?

—OLVIDA ESO. LA GENTE QUIERE CREER QUE ESTAMOS HA-
CIENDO UNA SERIE DE TELEVISIÓN Y ESO ES LO QUE ESTAMOS
HACIENDO. EN UN PAR DE DÍAS EMPEZARÁN A RECIBIR CAR-
TAS DE LOS DESAPARECIDOS. Y A LO MEJOR HASTA PODEMOS
MONTAR UNA SERIE CON DOBLES. ¿POR QUÉ NO? TENGO QUE
DEJARTE, FRED, HEMOS LLEGADO.

—Sí, Poc.

Poc-Rondy colgó. Fred echó un vistazo a los índices de
popularidad.

—¿Hinkston Lustig? —se preguntó.

36

TODO EL MUNDO QUIERE A EXTRATERRESTRE PELUDO

Extraterrestre Peludo no pasó la noche en el Centro de Investigaciones para un Nuevo Mundo, sino que fue trasladado al mejor hotel de Welcome: el Welcome Rich. Se dio una ducha y engulló cuatro pastillas mostaza antes de encender la televisión. Echaba de menos a su chica, Darlene. A lo mejor cree que no voy a volver, pensó. Luego se sentó ante el escritorio y escribió el primer capítulo de su nueva novela. La protagonista era una periodista llamada Darlene. Darlene era bonita, pero estaba acomplejada por sus pies, tenía los pies enormes y a los chicos no les gustan las chicas de pies enormes, así que, bueno, Darlene era periodista, sí, pero no era una gran periodista y, sin embargo, acaba dando la noticia de la muerte de Dios. A través de su historia, frívola y estúpida, sí, como los habitantes de esta maldita ciudad, pensó Extraterrestre Peludo, reconstruiré el episodio tabú de la historia de Welcome.

Había escrito seis páginas cuando llamaron a la puerta. Eran Brandy Newman y Rondy Rondy. Entraron. Se sentaron en un par de sillones amarillos.

—Creo que no nos han presentado. Soy Hink Lustig —dijo el gigante.

Rondy le tendió la mano. Dijo:

—Rondy Rondy.

—Encantado. —Hink le estrechó la mano. Se sentó frente a él—. ¿Quiere una copa?

—No, gracias.

—¿Quién es usted? —le preguntó a Brandy.

—Es mi ayudante —respondió Rondy.

—¿Son periodistas?

Rondy se rio.

—¿No?

—No —contestó Brandy.

—¿De qué se ríe? —preguntó Hink, y cruzó sus enormes piernas.

—Oh, nada (JAU), no es (JAU), nada.

—¿No conoce usted a Rondy Rondy?

—¿Ha dicho RONDY RONDY? —A Extraterrestre Peludo le cambió la cara.

Rondy asintió.

—Oh, vaya, encantado —dijo Extraterrestre Peludo, tendiéndole la mano otra vez—. He leído todos sus libros.

—Gracias —dijo Rondy, volviendo a estrechársela.

—A lo mejor —Extraterrestre Peludo se metió en la habitación. Aquella suite era gigantesca. Regresó con un libro. Dijo—, a lo mejor le interesaría a usted leer una de mis novelas. Échele un vistazo.

—Oh, sí, por supuesto —Rondy cogió el libro. Leyó—: *Sombreros de otro mundo.*

—Es uno de mis mejores títulos —dijo Extraterrestre Peludo, orgulloso.

—Lo leeré. —Rondy lo dejó en el suelo, junto a su pie derecho y prosiguió—: Voy a decirle algo, señor Lustig. No sé qué tipo de fama tiene usted en su mundo pero lo que es en este, ha pulverizado al mismísimo alcalde.

—¿A qué se refiere?

Rondy le hizo una señal a Brandy, que puso sobre la mesa el *Welcome Times,* abierto por la página de los índices de popularidad.

—Échele un vistazo a esto.

—Oh, vaya. ¿Ya existen los índices de popularidad?

—¿Por qué no tendrían que existir? —Rondy sonrió.

—¿Sabe que en el futuro podría haber una guerra por esto?

—¿Lo dice en serio?

—Sí.

Rondy se tocó el labio inferior. Tiró de él hasta que ya no pudo más y entonces lo soltó. Luego le quitó el periódico de las manos y dijo:

—En realidad, señor Lustig, bueno, hemos venido a sugerirle que se presente a las elecciones. Creemos que las ganaría.

—¿Qué elecciones?

—El alcalde acaba de convocar elecciones.

—¿Por qué?

—No lo sé.

—Un momento, ¿yo? ¿Por qué yo?

—Seré sincero con usted, señor Lustig. Usted es ahora mismo el personaje más popular de Welcome, por detrás de mí, por supuesto. Así que, en mi opinión, ahora que yo soy Dios, usted debería ser el alcalde.

—Oh, Dios. —El gigante se puso en pie. Dio tres vueltas alrededor de una mesita y volvió a sentarse—. ¿Lo está diciendo en serio?

—¿Qué le sorprende?

—¿Es que NADIE me escuchó anoche?

—¿A qué se refiere?

—¿Vio usted la entrevista?

—Sé quién es usted, si es eso lo que quiere saber.

—Pero no vio la entrevista. Y apuesto a que los que la vieron, ya han olvidado que vengo de otro Welcome. Un Welcome FUTURO, en el que todo esto es PASADO, y no existe. Allí soy un reconocido escritor de best sellers que sueña con ganar algún día el Welcomitzer y tengo, bueno, mi chica me está esperando. ¿Cree que quiero quedarme aquí? ¿Se han vuelto todos locos?

Rondy había previsto algo parecido. No sabía exactamente de dónde procedía Extraterrestre Peludo, pero sabía que venía de otro mundo y era probable que quisiera regresar. Así que tenía que prometerle todo lo que tenía allí, más El Rancho.

Lo hizo.

Brandy, mientras tanto, pensaba en cómo librarse del viejo escritor.

Extraterrestre Peludo empezaba a considerar la oferta de Rondy Rondy. Puede que a Darlene le guste, se decía. Al fin y al cabo, es el mismo Welcome, sólo que un poco menos corrupto. Además, podría conservar mi nave y, si las cosas se ponen feas, viajar al futuro y volver a casa, pensó.

—Le aseguro que ganará usted un Welcomitzer —insistió Rondy-Dios.

—¿De veras cree que puedo ganar uno?

—¿Por qué no? ¡Es usted el tipo más popular de Welcome!

—No. Usted.

—Yo no cuento —dijo Rondy, y añadió, canturreando—. Yo soy Dios.

Extraterrestre Peludo se rindió.

—¿Qué tengo que hacer para presentarme?

Rondy sonrió satisfecho.

—No se preocupe. Yo lo arreglaré todo. Usted prepárese para recibir periodistas y para prometer un Welcome con futuro, nunca mejor dicho.

Luego se dio media vuelta y, dirigiéndose a Brandy, preguntó:

—¿Qué te parece, Lon?

Pero Brandy-Lon había desaparecido.

37

NO PUEDO HABLAR PORQUE ESTOY MUERTA

Tres días después de aquel encuentro en el Welcome Rich, el paradero de Brandy-Lon seguía siendo un misterio para Rondy. Pero el viejo escritor tenía cosas mejores en que pensar. Como, por ejemplo, Extraterrestre Peludo. En eso no se diferenciaba del resto de habitantes de la ciudad, que ya habían asumido que aquel Hombre del Futuro ocuparía El Rancho en breve. ¿Y qué sería entonces de Claudio Arden? ¿A quién le importaba realmente? ¿Se reuniría con Cejas Amarillas antes de que le apartaran del gobierno de la Gran Welcome? ¿Y qué sería de Anita? Por cierto, ¿dónde se había metido Anita Velasco?

Anita era un misterio desde la noche de la Fiesta del Platillo Volante.

Las admiradoras que todavía rodeaban su casa estaban empezando a recoger sus cosas. Se hablaba de una conspiración, porque Anita estaba bailando con Dios justo cuando (BANG) le habían disparado y, aunque el culpable estaba bajo tierra (su lápida rezaba: «Vandie Lebenzon: Por fin, entre mitos»), bien podía haber sido retenida Anita en contra de su voluntad por su presunta relación con el asesinato y, quizá, torturada y, más tarde, acribillada a balazos por el mismísimo San Melbourne, Jefe Supremo de la policía de Welcome, con quien incluso podría haber llegado a compartir celda.

Pero esas no eran más que suposiciones.

Lo cierto era que Anita había desaparecido, como Amanda Arden.

La hermana mayor del ya futuro exalcalde de Welcome había sido vista por última vez la noche del sábado, en Futuro Interrumpido, de donde, supuestamente, había huido, dejando tras de sí a un buen puñado de enfermeras heridas.

Nadie sabía nada de ella desde entonces.

Y Rita no quería oír hablar de ello. Había cambiado su pamela rojo sandía por una negro cuervo, en señal de duelo. Por Dios, por Amanda y por Brandy Newman, al que, en su opinión, había perdido para siempre. Creo que tendré que conformarme con mi triste amante, le dijo a Bobo aquella mañana.

—¿Todavía quiere atragantártela? —Bobo sonrió.

—Oh, claro, querido. —Rita también sonrió—. Dice que esta noche.

—Eso es estupendo, querida.

—Sí. Lo sé. —Rita echó un vistazo a sus uñas verde césped. Estaban perfectas—. ¿Y qué hay de lo tuyo? ¿Qué tal con Miss Sonrisa?

—¡Shhh! Baja la voz, querida.

—Oh, sí. Perdona. —Rita tecleó su nombre. Luego añadió—. ¿Todo bien?

Bobo asintió. A Bobo no le gustaba cómo hablaba Rita de Ginger Ale. Ni Rita ni nadie. ¿Qué sabían ellos de Ginger? Nada. No tenían ni idea de su pasión por Glenda Ale ni de sus cuadernos. Los demás sólo veían sonrisas estúpidas. Por eso, Bobo estaba a punto de pedirle a Ginger Ale que se fugara con él.

—Nos iremos lejos —iba a decirle.

—Me alegro —dijo entonces Rita.

—Oh, sí, claro.

Bobo tecleó: VIRGO: PISAR SUELO RECIÉN FREGADO NO ES TAN TERRIBLE COMO NO LLEGAR A PISARLO NUNCA.

—Vieja bruja —canturreó Nancy, mirando a Rita.

Rita le lanzó una revista.

La chiquilla le lanzó un lapicero.

El lapicero se estrelló contra la pamela negro cuervo de Rita y a punto estuvo de hacerla caer de la silla. Rita gritó y del despacho de Amanda llegaron un par de golpes sordos, perfectamente audibles, que nada tenían que ver con el tipo que se sentaba tras el escritorio de Frente Peluda.

Rita creía que los golpes los daba la propia Amanda. Mejor dicho, el espíritu de Amanda, que se había quedado encerrado para siempre entre aquellas cuatro paredes. Y, sin siquiera sospecharlo, estaba en lo cierto.

Pero ¿quién había sentado a su mesa?

Muy sencillo. Su hermano. Claudio Arden se había instalado hacía un par de días y se había traído consigo a aquella niña del demonio. Había dicho:

—Yo, eh, yo ocuparé el lugar de, eh, Amanda mientras esté, eh, sí, fuera.

Y se había metido en el despacho. Al poco habían llegado un par de tipos con una enorme caja de madera. La habían metido en el despacho. El alcalde había cerrado la puerta y, poco después, habían empezado los golpes. Golpes todo el tiempo.

Pero ¿qué había dentro de aquella caja? ¿Y por qué, poco después, el alcalde se había instalado en otro despacho, al que había llamado, curiosamente, El Rancho? ¿Y por qué el despacho de Amanda se mantenía desde entonces cerrado con llave?

La historia es la siguiente:

La noche del domingo en que se anunció el adelanto de elecciones, los teléfonos no dejaban de sonar en el despacho de Claudio Arden. Y Dios ya no podía cogerlos.

—¿Puedo llamar a Rondy? —Claudio temía por su vida.

—Rondy no está de su parte, señor.

—¿No? —Su tono era lastimero.

–No.

–¿Y por qué no?

–Le diré a Roy que corte la línea telefónica.

–Oh, sí, Liz, gracias –dijo el alcalde.

Liz salió del despacho. Al poco, la puerta se abrió. Claudio estaba mirando la lámpara que colgaba del techo cuando una versión desnutrida y pálida de Amanda entró en su despacho. No la vio hasta que la tuvo delante. Cuando la vio, dio un brinco en la silla. Parecía una aparición.

–¡Uh! Me has asustado, Amanda.

Amanda no dijo nada.

–¿Qué le ha pasado a tu frente?

La frente de Amanda era de color marrón oscuro, casi negro.

–¿Has intentado depilarte?

Amanda no dijo nada.

–¿Qué te pasa?

Amanda cogió un papel y un bolígrafo y escribió:

ESTOY MUERTA.

–¿Qué dices?

Escribió:

ESTOY MUERTA.

–¡No estás muerta!

Claudio la tocó. Estaba fría pero no era transparente.

NO PUEDO HABLAR PORQUE ESTOY MUERTA.

–Me estás asustando, Amanda.

Claudio se puso en pie. Se dirigió a la puerta. Amanda corrió tras él. Le enseñó otro pedazo de papel.

NO TE VAYAS.

–¿Cómo quieres que no me vaya? ¡Me estás diciendo que estás muerta!

¿QUÉ HAGO?

–¡Y yo qué sé! ¡Yo no estoy muerto!

¿CREES QUE DEBERÍA IRME?

–¿Adónde?

LU DICE QUE NO PUEDO IRME.

—¿Quién es Lu?

LU DICE QUE NUNCA PODRÉ ESCAPAR DE WELCOME.

—¿Por qué quieres irte?

NO LO SÉ.

—Amanda, ¿de verdad estás muerta?

SÍ.

—Entonces tenemos que enterrarte.

¡NO!

—¿No? ¿Y qué vas a hacer? ¿Dar vueltas?

TENGO HAMBRE.

—¿Cómo vas a tener hambre? ¡Los muertos no comen!

¿PUEDO DORMIR EN TU CASA ESTA NOCHE?

—¿Dormir?

TENGO SUEÑO.

—¡No puedes tener sueño!

TENGO SUEÑO.

—¿Se lo has dicho a alguien?

¿EL QUÉ?

—¿Qué va a ser? ¡Que estás muerta!

NO. PERO LU LO SABE.

—¿Quién es Lu?

LU KEN. OH, CLAUDIO, ¡LA REVISTA!

—¿Qué pasa con la revista?

¡ESTOY MUERTA!

—¿Y?

¡TIENES QUE ENCARGARTE DE LA REVISTA!

—¿Yo?

TE AYUDARÉ.

—Mmm. ¿Una revista? ¿Qué clase de revista?

Los teléfonos habían dejado de sonar pero Claudio los seguía oyendo.

UNA REVISTA PARA CHICAS.

—¿Chicas?

Claudio Arden volvió a su silla. Amanda le siguió, arrastrando lo que parecía un cable atado a una botellita destrozada. Estaba francamente pálida. Bueno, puede que, después de todo esté muerta, pensó el alcalde. Luego dijo:

—No te lo he dicho antes para no alarmarte, pero han adelantado las elecciones.

Y Amanda escribió:

OLVIDA LAS ELECCIONES. QUÉDATE CON LA REVISTA.

—¿Y si las gano?

¿GANARLAS? JOUJOUJOU.

—¿Ahora ríes así?

¿CÓMO QUIERES QUE RÍA?

—No sé. Simplemente RISA.

¿RISA? ¿Y POR QUÉ NO CARCAJADA?

—CARCAJADA está bien.

¿TE QUEDARÁS CON LA REVISTA ENTONCES?

—Creo que sí. —Claudio la miró sonriente—. ¿Te das cuenta, Amanda, de que nos llevamos mejor estando tú muerta?

¿QUIÉN DICE QUE NOS LLEVAMOS MEJOR?

—¡Estamos hablando!

¿AH, SÍ? ¿TÚ Y YO? PUES RETIRO TODO LO QUE HE DICHO.

Así fue.

Al día siguiente, Claudio Arden se presentó en *Malas Lenguas* y dijo que él se ocuparía de la revista mientras su hermana estuviese fuera. Al poco llegaron los tipos de la caja. En la caja iba Amanda Arden. Así que ya no estaba fuera. Estaba dentro y para siempre, pero eso nadie lo sabía. ¿Y a quién le importaba, en realidad?

38

¿QUIÉN QUIERE SER LONDY?

Una semana después de la resurrección de Rondy Rondy, se celebró un encuentro de fans del escritor en casa de Rico Imperio. Luanne Rodríguez asistió. Estaba radiante. Llevaba encima todos sus libros. Rondy Rondy se los firmó uno a uno. Hacía días que Rondy había dejado de preocuparse por Londy Londy. Ya ni siquiera se preocupaba por Extraterrestre Peludo. Su triunfo estaba más que asegurado. Iba a pulverizar a Arden. Lo había dicho aquel periodista de la televisión. Charlie Corn, se llamaba. Había dicho:

—Va a pulverizar a Arden.

Y luego le había guiñado un ojo a la chica de Hinkston, Darlene.

Sí, aquel Charlie Corn era un buen tipo.

Pásame ese libro, ¿es el último?

—¿Dónde está Londy? —preguntó la chica que parecía un payaso.

—Oh, Londy. Londy no está preparado para esto —dijo Rondy.

—¿Está muerto?

Rondy se rio.

—¿De qué se ríe?

—¿No puedo reírme?

—No. Díganos dónde está.

—Señorita, ya me ha oído. Londy no está preparado.

—¿Y pretende que le creamos? ¡Lleva diez años escondiéndose!

—Escucha, eso ya lo he explicado, ¿no sabes quién soy ahora?

—¿Y cómo sabemos que no lo ha matado? —contraatacó Luanne.

Rondy se rio.

—¿Por qué iba a matarlo?

—¿Y por qué no?

—Escucha, niña, ahora soy DIOS.

—¿Y qué quiere decir con eso? ¿Que puede matar a Londy si quiere?

—Pequeña, ha sido un placer, pero me temo que la reunión se ha acabado para ti.

—¿Ah, sí?

—¿Dudu? —llamó Dios-Rondy—. Saca a tu amiga de aquí, ¿quieres?

Dudu asintió.

—Vamos fuera, Luanne.

—No, Dudu, me quedo.

—Sácala.

Un chimpancé ayudó a Dudu a sacar a Luanne de la mansión de Rico. Clark la esperaba en la puerta.

—¡Eh! ¡Vosotros! ¡Eh! —Ese era Clark—. Soltadla.

El chimpancé la soltó. Dudu dijo:

—Lo siento.

—¿Dudu? ¿Qué demonios haces aquí? —preguntó Clark.

—Ahora trabaja para Rondy —dijo Luanne, ajustándose las gafas y el vestido.

Dudu asintió.

—¿Y eso?

—Tenemos que volver, Dudu —dijo el chimpancé.

—Tengo que volver —dijo Dudu.

Clark le puso un dedo en el pecho. Dijo:

—No vuelvas a tocarla.

—No lo haré —dijo Dudu.

—Vale. —Clark se guardó la mano en el bolsillo.

Dudu se dio media vuelta y se fue. El chimpancé también se fue.

—¿Qué demonios ha pasado?

—Creo que ha matado a Londy.

—¿Quién? ¿Rondy?

—Sí.

Las gafas de Luanne resbalaron nariz abajo. Clark se las subió.

—¿Qué haces?

—¿Has pensado en cambiar de gafas?

—No. ¿Por qué?

—Por nada.

Clark echó a andar hacia el coche. Luanne le siguió. De repente, el periodista se detuvo en seco. Preguntó:

—¿Y tus libros?

—Ya no los quiero.

—Volvamos a por ellos.

—No los quiero.

—Yo sí. Vamos.

—¿Los quieres? ¿Para qué los quieres?

—La respuesta está en los libros, ¿no?

—¿Qué respuesta?

—Lo dijiste tú, nena.

—No me llames nena.

—¿Y cómo quieres que te llame? ¿Pequeña Luanne?

—Me voy a casa —dijo la chica.

—Eh, un momento. —Clark se volvió hacia la casa—. Espera un momento.

Clark entró en la mansión. Recogió los libros. Salió. Los metió en el maletero. Luego dijo: Te invito a cenar. Y abrió la puerta del copiloto.

Luanne se subió las gafas. Habían vuelto a resbalarle.

—No quiero —dijo.

—¿Ah, no? ¿Y qué quieres hacer? ¿Quieres volver ahí y pegarte con el viejo? ¿Es eso lo que quieres, nena?

—No me llames nena.

—¿O prefieres quedarte a esperar a Londy? Por cierto, ¿qué hay de Londy, nena? ¿No quiere salir de su madriguera?

—No.

—Vaya. Pues vamos a tener que salir a buscarle, nena. Y ya sabes que formamos un buen equipo. Ese tipo peludo no estaría donde está si no fuera por nosotros.

Luanne sonrió.

—Eh, alto ahí, ¿tienes dientes?

—¿Qué dices?

—¿Puedes sonreír?

—¡Claro que puedo sonreír!

—A ver. Enséñame esos dientes.

Luanne se los enseñó y, oh, sí, por fin: Clark la besó. Ella se apartó. Se aclaró la garganta (EJEM).

—Qué. ¿No te ha gustado?

—No eres Londy.

—¡Claro que no soy Londy! ¿Quién quiere ser Londy?

De saber exactamente lo que estaba haciendo Londy en aquel momento, Clark se habría tragado sus palabras. Londy estaba besando a Anita Velasco, bajo la sombra de la letra M, en la colina que daba la bienvenida a Welcome.

Anochecía.

—Tengo miedo de que nos encuentren, Bran.

—Nadie nos encontrará nunca, An.

—¿Nunca?

—No. A menos que tú quieras que nos encuentren.

—Yo no quiero que nos encuentren, Bran.

—Yo tampoco.

Anita entonó por última vez el himno de la vieja Welcome, aquella que estaba a punto de desaparecer, pues apenas quedaban unos días para que Hinkston Lustig ganara las elecciones y acabara con aquel espejismo de ciudad, y preguntó:

—¿No hay vida fuera de Welcome, verdad, Bran?

Y Londy Londy, que había pasado su vida escondido en la mansión del Capo de Turno y había visto fingir a Rondy Rondy estar en cualquier otro lugar (oh, sí, aquella maravillosa isla desierta), contestó:

—No, no la hay, An.

STARRING

Ginger Ale, como La Increíble Chica Sonrisa.

Amanda Arden, como Frente Peluda.

Claudio Arden, como el alcalde en perpetuo encogimiento.

Pony Caro, como el director vividor del *Welcome Times*.

Ron Clelon Junior, como novio de Sarah Du y fan de Londy Londy.

Charlie Corn, como reportero del *Welcome Te Ve*.

Jon Dando, como ayudante de San Melbourne y amante de su mujer.

Sarah Du, como la única superviviente.

El Capo de Turno, como el misterio sin resolver de Welcome.

Damien García, como mejor amigo de Anita Velasco.

Lu Ken, como La Siempre Efervescente Lu Ken.

Fred Ladillo, como el redactor jefe del *Welcome Times*.

Vandie Lebenzon, como la ambiciosa agente de Anita Velasco.

Linda, como la periodista que sólo sabe inventar noticias.

Liz, como mujer de San Melbourne y amante de su ayudante.

Hinkston Lustig, como Extraterrestre Peludo.

Rita Mántel, como la periodista que prefiere cuidar de sus zapatos.

San Melbourne, como Jefe Supremo de la Policía de Welcome.

Arto México, como el periodista que se lee en voz alta.

Brandy Newman, como el detective torpe.

Pedro Juan, como uno de los chicos del Suburbio Cinco.

Walken Rambo, como el periodista paranoico.

Dolores Rhampa, como Dolly Metomentodo.

Luanne Rodríguez, como presidenta del club de fans de Rondy
Rondy.

Júpiter Ron, como el Inspector Jefe.

Clark Roth, como el aspirante al Welcomitzer.

Bobo Sedán, como el redactor de horóscopos.

Rita Sedán, como madre desequilibrada de Bobo Sedán.

Anita Velasco, como la chica que no quería ser un planeta.

ALSO STARRING

Alicia, como exnovia de Charlie Corn.

Marisa Álvarez, como la supuesta novia de Anita Velasco.

Andy, como el cámara de Charlie Corn.

Branco, como el jefe de informativos del *Welcome Te Ve*.

El Señor Bang Bang, como supuesto empresario del espectáculo.

Bingo, como un chico delgado y triste.

Bossy, como exnovio de Sally Menke.

Darlene, como novia de Extraterrestre Peludo.

Dudu, como agente de la policía aficionado a las patatas fritas.

Eduardo, como novio de Ginger Ale.

Goldie, como fan de Anita Velasco.

Eslonia, como la periodista que fue a depilarse los pies y nunca regresó.

Greg, como El Gordo ayudante del Inspector Jefe.

Mark Karaszewski, como el revisor de invitaciones.

Mamá Glotis, como madre de Greg El Gordo y hermana de San Melbourne.

Sally Menke, como líder de EMEPECOSO y exnovia de Bossy.

Nona Host, como la profesora de vudú de Lu Ken.

Joana, como la encargada de archivo.

Manu, como la peluquera.

Rossi Mod, como modista de Claudio Arden.

Nancy, como novia estúpida de Dios.

Destina Paraíso, como máxima autoridad de Futuro Interrumpido.

Roy, como electricista de Claudio Arden.

Shirley, como agente de policía aficionada a las series de extraterrestres.

Su, como La Chica del Tiempo.

Rosa Uveeme, como jefa de prensa de la Unión Hospitalaria de Welcome.

Vernon, como chico de agencias.

GUEST STARS

Anclo Abando, como escritor que sólo habla de sí mismo.

Glenda Ale, como escritora favorita de Ginger Ale.

Cejas Amarillas, como el Presidente Mundial.

Dios, como Rico Imperio.

Ron Clelon, como mayor experto en el mundo de Rondy Rondy.

Bette Hellburn, como actriz favorita de Júpiter Ron y musa de Hank Chalecki.

Manuel Gatopardo, como exalcalde de Welcome.

Londy Londy, como el detective más famoso de Welcome.

Julieta Manía, como protagonista de *La quería porque era mía*.

Pedro Juan, como el actor que provoca suicidios.

Peggy Sue, como la única vedette de Welcome.

Rondy Rondy, como el novelista más famoso de Welcome.